btb

Buch

Stefan Heym hat neben seinen Romanen, Erzählungen und essayistischen Arbeiten auch Märchen geschrieben. Entstanden sind sie immer in schwierigen Zeiten – es scheint, als habe sich der Autor immer dann seiner Märchenwelt zugewendet, wenn es Krisen in seinem Leben zu überwinden galt. Er selbst sagte, daß er die Märchen zu seinem Trost braucht und um über den Umweg des Märchens von der Wirklichkeit zu sprechen, die auf andere Art längst nicht so elegant zu beschreiben wäre. Es sind Märchen voller Weisheit und Wahrheit entstanden, voller Liebe und liebenswürdiger Bosheit.

Autor

Stefan Heym (1913–2001) floh vor der Nazidiktatur nach Amerika, verließ das Land in der McCarthy-Ära und lebte seit 1952 in der DDR. Seine trotzig-kompromißlose Kritik an Selbstherrlichkeit, Unterdrückung und Zensur machte ihn zur herausragenden Figur der deutschen Nachkriegsliteratur, die geliebt und geachtet wurde. Zeitlebens blieb Heym ein streitbarer Schriftsteller, der »seine Kunst an keine Ideologie verriet« (Die Zeit). 1994 eröffnete Heym als Alterspräsident mit einem engagierten Plädoyer für Toleranz den deutschen Bundestag.

Stefan Heym

Märchen für kluge Kinder

Roman

btb

Umwelthinweis:
Alle bedruckten Materialien dieses Taschenbuches
sind chlorfrei und umweltschonend.

1. Auflage
Genehmigte Taschenbuchausgabe Oktober 2005
by btb Verlag, München,
in der Verlagsgruppe Random House GmbH

Umschlaggestaltung: Design Team München
Umschlagfoto: Corbis
Druck und Einband: Clausen & Bosse, Leck
MM · Herstellung: AW
Made in Germany
ISBN-10: 3-442-73452-5
ISBN-13: 978-3-442-73452-8

www.btb-verlag.de

Inhalt

Das Cymbelinchen

Das Cymbelinchen saß im Garten und spielte. Es spielte Hochzeit: Ein großer langer Tannenzapfen war der Bräutigam, ein kleiner dikker war die Braut, und die gelben Löwenzähne waren die Brautjungfern. Ein brauner Käfer kam und blieb vor den beiden Tannenzapfen stehen; das war der Pastor, und er sagte: »Wollt ihr?« Und der große lange Tannenzapfen sagte ja, und der kleine dicke Tannenzapfen sagte ja. Dann waren sie Mann und Frau, und die Hochzeit war zu Ende.

Was nach der Hochzeit kam, wußte das Cymbelinchen nicht. Als seine Schwester, das Irmchen, geheiratet hatte und in einer grünen Kutsche abfuhr, hatte die Großmutter gesagt: »Nun fängt der Ernst des Lebens an.« Aber was war der Ernst des Lebens?

Auf einem Ast saß ein Vogel, der hatte einen roten Schwanz und wippte damit. »Was ist der Ernst des Lebens?« fragte ihn das Cymbelinchen. Der Vogel sang:

»Auf dem Baume
hängt 'ne Pflaume,
gleich wird se munter,
gleich fällt se runter –«,

was der reine Unsinn war, denn es war gar kein Pflaumenbaum, und so konnte auch keine Pflaume herunterfallen.

Da kam das Pudelfräulein Lulu, schüttelte sich ausführlich und legte sich vor Cymbelinchen auf den Bauch. »Was ist der Ernst des Lebens?« fragte das Cymbelinchen die Lulu. Das Pudelfräulein sagte:

»Auf der Decke
sitzt 'ne Schnecke,

gleich wird se munter,
gleich kriecht se runter –«,

was ebenfalls der reine Unsinn war, denn so weit das Cymbelinchen blickte, es saß gar keine Schnecke auf der Decke, und so konnte auch keine herunterkriechen.

Schließlich ritt der Prinz herbei auf seinem Rappen, der eine goldene Decke unter dem Sattel trug. Das Pudelfräulein Lulu bellte, und der Prinz hielt den Rappen an und lächelte dem Cymbelinchen zu. Das Cymbelinchen fragte ihn: »Was ist der Ernst des Lebens?«

Der Prinz dachte nach, aber es wollte ihm kein passendes Gedicht einfallen. So sagte er: »Komm mit, Cymbelinchen. Wir werden es schon herausfinden.«

Dem Cymbelinchen war es recht. Zu Mittag sollte es zwar grüne Klöße geben, aber zu Mittag würden sie alle schon zurück sein – der Prinz und das Cymbelinchen hinter ihm und das Pudelfräulein Lulu und der rotgeschwänzte Vogel, der übrigens Heinrich hieß.

Der Rappe trabte klippetiklapp, das Pudelfräulein Lulu rannte, was das Zeug hielt, die Bäume an der Straße glitten nur so vorbei, und der Vogel Heinrich flog voran und war ganz aufgeregt, denn es kommt nicht jeden Tag vor, daß so ein hoher Herr wie der Prinz sich persönlich um etwas bemüht. Das Cymbelinchen aber hielt sich am Prinzen fest und dachte: So schnell bin ich noch nie vorwärts gekommen. Ob das schon zum Ernst des Lebens gehört?

Nach einer Weile drehte sich der Prinz zu Cymbelinchen um und sagte, vielleicht solle man eine Rast einlegen. Sie wären schon sieben Wochen geritten und hätten sieben mal sieben mal sieben Meilen hinter sich gebracht, und auch das Pudelfräulein Lulu wäre bestimmt hungrig.

Das Cymbelinchen sagte erschrocken: »Was ist mit den grünen Klößen zu Mittag?« Zu Mittag hätten sie doch zurück sein wollen? Und nun wären es schon sieben Wochen!

»Tja«, sagte der Prinz, »da ist guter Rat nun teuer«, und er war ganz traurig, so daß am Ende das Cymbelinchen ihn trösten mußte und sagte, vielleicht würden sich die grünen Klöße doch so lange halten. Inzwischen packte der Prinz aus, was er mitgebracht hatte – ein Schinkenbrot und ein Stück Käsetorte mit Rosinen, weil das Cymbelinchen diese so gern aß, und für das Pudelfräulein Lulu ein Zipfelchen Wurst, und der Vogel Heinrich fraß mit dem Rappen aus demselben Sack.

Nach dem Essen wurde dem Cymbelinchen ganz schläfrig.

»Müde?« sagte der Prinz. »Du kannst dich hier hinlegen, und deinen Kopf lehnst du an meine Schulter, da ist es warm und bequem.«

»Ist das dann der Ernst des Lebens?« fragte das Cymbelinchen.

»Nein, noch nicht«, meinte der Prinz und begann ihr von seinem Schloß zu erzählen, das größer war als eine ganze Stadt und tausend Säle hatte, einen prächtiger als den anderen, und der prächtigste, ganz in Gold und Silber und mit der schönsten Aussicht, war reserviert für das Cymbelinchen. Das Cymbelinchen aber bekam es mit der Angst zu tun, denn statt des wunderbaren Schlosses waren nur hohe dunkle Bäume ringsum, und hinter den Bäumen lagen große weiße Berge. Die Sache mit dem Schloß hörte sich wohl recht gut an, aber die Großmutter hatte mehr als einmal vor Leuten gewarnt, die kleinen Mädchen große Versprechungen machten, und hatte gesagt: »Cymbelinchen! Erst wäge, dann wage! Der Spatz in der Hand ist besser als die Taube auf dem Dach.«

Gott sei Dank, daß das Pudelfräulein Lulu mit von der Partie war. Das war wenigstens jemand von zu Hause, und auch der Vogel Heinrich kannte sich aus.

Der Vogel Heinrich hatte von den Körnern des Rappen gefrühstückt und wippte nun mit dem roten Schwanz und sagte:

»Hoch hinaus
geht selten gut aus –«,

was nicht gerade beruhigend klang.

Das Pudelfräulein Lulu hatte den Wurstzipfel verspeist und leckte sich die Lippen.

»Willst du mir nichts sagen, was mich beruhigen könnte?« fragte das Cymbelinchen.

Lulu blickte das Cymbelinchen aus blanken schwarzen Augen an und sagte:

»Über Stock,
über Stein
reißt der Rock,
bricht das Bein –«,

und das machte dem Cymbelinchen das Herz noch schwerer. Schließlich schlief es aber doch ein und träumte.

In Cymbelinchens Traum war der Prinz gar nicht der Prinz, sondern der Peter, der es immer an den Zöpfen zog, wenn es nicht schnell genug davonlief, und der dazu rief:

»Linchen, Linchen,
kesses Bienchen –«,

weshalb es den Peter auch nicht leiden mochte und oftmals wünschte, er möge hinfallen und sich ein Loch in den Kopf stoßen, aber kein zu großes, nur richtig weh sollte es tun.

Dann war aber der Traum-Peter doch nicht der Prinz, sondern sie waren zwei verschiedene Personen, die sich heftig stritten, und zwar wegen des Cymbelinchens. Der Prinz wurde ganz rot im Gesicht und der Peter auch; ihre Augen blitzten, und sie gingen aufeinander los wie Kampfhähne. Der Prinz zog seinen Degen, und der Peter lud seine Schleuder, und bestimmt hätte es Mord und Totschlag gegeben, wenn das Cymbelinchen sich nicht zwischen sie geworfen und »Halt! Halt!« gerufen hätte.

Da gingen der Prinz und der Peter auseinander und immer weiter fort von Cymbelinchen, bis am Ende keiner mehr zu sehen war, nur noch der große lange Tannenzapfen und der kleine dicke, die plötzlich vor ihr standen und sagten: »Das ist der Ernst des Lebens. Die Klöße sind angebrannt.«

Wie nun das Cymbelinchen aufwachte, hatte der Prinz schon alles eingepackt, der Rappe stand gesattelt da und stampfte mit den Füßen. Der Vogel Heinrich zwitscherte:

»Auf dem Rasen
sitzen zwei Hasen,
gleich werden se munter,
gleich hüpfen se runter –«,

aber das hatte gar nichts mit der Geschichte zu tun, denn weit und breit konnte das Cymbelinchen gar keinen Hasen sehen. Und das Pudelfräulein Lulu schwänzelte um das Cymbelinchen herum und bellte:

»Auf der Säule
hockt 'ne Eule,
gleich wird se munter,
gleich fliegt se runter –«,

und das war erst recht Unsinn, wo doch nur Bäume dastanden und gar keine Säule. Der Prinz aber sagte: »Du hast ja ganz schrecklich geträumt, Cymbelinchen. Träumst du immer so heftig?«

»Immer wenn ich Schinkenbrot gegessen habe«, sagte das Cymbelinchen. »Das liegt in meiner Natur.«

»Ach so«, sagte der Prinz. »Dann wollen wir lieber weiterreisen. Halte dich nur gut fest an mir, denn jetzt geht es bergauf.«

Die Bäume wurden immer kleiner und die Steine immer größer, und der Rappe trabte klippetiklapp, das Pudelfräulein Lulu rannte, was das Zeug hielt, und der Vogel Heinrich flog voran, denn er war es gewohnt, hoch oben zu sein. Schließlich kamen sie dorthin, wo der ewige Schnee und das ewige Eis waren, und die Sonne schien so lustig auf die weiße Pracht, daß es aussah, als hätte ein Märchenriese lauter Perlen und Diamanten ausgestreut. Und dann waren sie auf dem Gipfel und blickten ins Land.

»Da ist mein Schloß«, sagte der Prinz.

Da lag es auch, unten im Tal auf der andern Seite der Berge, direkt an einem blauen, blauen See, und es sah ganz klitzeklein aus wie ein Spielzeugschloß, aber das kam daher, daß von hoch oben alles ganz anders aussieht, wie jeder weiß, der die Welt einmal von einem Kirchturm betrachtet hat.

Nein, der Prinz hatte nicht geflunkert, nicht das kleinste bißchen, und das Cymbelinchen erhielt den prächtigsten Saal im Schloß, ganz in Gold und Silber, mit der prächtigsten Aussicht auf den blauen, blauen See, und es aß seinen Grießbrei mit einem goldenen Löffel von einem silbernen Teller, und auch das Pudelfräulein Lulu bekam sein Fressen in einem silbernen Napf, und der Vogel Heinrich sollte in einen goldenen Käfig, aber er sagte: »Danke schön« und blieb draußen vor dem Fenster auf einem grünen Zweig.

Außerdem erschien eine Hofdame, die dem Cymbelinchen beibrachte, wie man einen artigen Knicks macht und wie man »Jawohl, Euer Majestät« und »Danke schön, Euer Majestät« sagt, und eine Kammerzofe, die dem Cymbelinchen das Kleid auf- und zuknöpfte, und dann war da die Stallmagd Wittewitt, die jeden Morgen und Abend die warme Milch brachte von der Kuh Dora.

Am dritten Tag kam die Königinmutter. Sie trug ein schwarzes Kleid mit funkelnden Steinen und auf der Frisur eine Krone. »Du willst also den Prinzen haben?« sagte die Königinmutter und musterte das Cymbelinchen von oben nach unten und rundherum. »Daraus wird nichts, laß dir das gesagt sein, junges Fräulein.«

Das Cymbelinchen machte einen artigen Knicks und sagte: »Jawohl, Euer Majestät« und: »Danke schön, Euer Majestät«, denn das hatte die Hofdame es gelehrt. Der Vogel Heinrich aber rief vom Fenster:

»Hochmut
tut nicht gut –«,

und das Pudelfräulein Lulu fing an zu knurren:

»Wille walle,
Mausefalle,
Alter Schuh,
Klappe zu.«

Da wurde die Königinmutter ganz böse und sagte zu Cymbelinchen: »Dann schicke ich dir eben den Hoffloh! Da wirst du schon sehen.«

Das Cymbelinchen aber sagte: »Jawohl, Euer Majestät« und: »Danke schön, Euer Majestät« und machte einen artigen Knicks, denn das war das Beste im Umgang mit Amtspersonen.

Am Abend, nachdem die Stallmagd Wittewitt die Milch gebracht hatte, kam auch der Hoffloh. Er sprang von der Türschwelle bis an die Decke, schlug einen Purzelbaum in der Luft und landete direkt vor dem Cymbelinchen. »Ich bin der Hoffloh«, sagte er und nahm den Hut ab. »Ich soll dich zwacken.«

»Ich will aber den Prinzen gar nicht«, sagte das Cymbelinchen. »Ich will nur, daß der Peter sich ein Loch in den Kopf schlägt, aber es soll ihm nicht zu sehr weh tun, nur etwas, als Strafe.«

»Das ist egal«, sagte der Hoffloh. »Auftrag ist Auftrag.« Der Hoffloh trug einen Orden im Knopfloch und eine Schärpe über der Brust; das bedeutete, daß er von hohem Range war und den Titel »Verdienter Floh des Hofes« trug.

»Ist das dann der Ernst des Lebens?« fragte das Cymbelinchen.

»Das kann ich nicht sagen«, antwortete der Hoffloh und zuckte ganz fürchterlich mit den Hinterbeinen, denn er wollte immerzu springen. »Ich weiß nur, daß ich schon alle gezwackt habe, die Königinmutter und die Hofdame und die Kammerzofe und die Stallmagd Wittewitt und die Kuh Dora, und jetzt bist du an der Reihe.«

Dann hielt er es nicht mehr aus und sprang hoch, ganz hoch, bis an die goldene Decke des Saales, und schlug nicht nur einen Purzelbaum in der Luft, sondern zweie, so daß das Cymbelinchen lachen mußte, und dann landete er, aber schief, und es gab einen Knacks.

»Das war mein Bein«, sagte der Hoffloh. »Nummer drei hinten rechts. Das Gelenk ist ausgekugelt.«

»Da müssen wir den Vogel Heinrich rufen«, sagte das Cymbelinchen. »Er ist schon fast überall gewesen, und er ist der klügste von uns.«

»Ich habe Angst vor Vögeln«, sagte der Hoffloh. »Sie fressen bekanntlich Insekten.«

»Du bist ein Hoffloh«, sagte die Hofdame. »Wie kannst du da gefressen werden? Das wäre ja Demokratie.«

»Demokratie hin, Demokratie her«, antwortete der Hoffloh.

»Wir wollen es lieber nicht riskieren. Aber wenn das Cymbelinchen oben anpackte und die Hofdame unten, könnte man das Bein einrenken.«

»Und dann wirst du mich zwacken?« fragte das Cymbelinchen.

»Nein, das werde ich nicht. Eine Hand wäscht die andere.«

»Gut«, sagte das Cymbelinchen, »dann versuchen wir es also.« Und es packte das Bein Nummer drei hinten rechts am oberen Ende und sagte: »Hoh-ruck!« Und die Hofdame packte das Bein Nummer drei hinten rechts am unteren Ende und sagte: »Hoh-ruck!« Und dann gab es wieder einen Knacks, und der Hoffloh sagte: »Danke schön!« und sprang bis zur Decke, aber diesmal landete er vorsichtiger.

Das Cymbelinchen dachte schon, der Prinz hätte es vergessen. Aber da war er wieder da und sah sehr dünn und abgearbeitet aus und entschuldigte sich wegen dringlicher Geschäfte.

Der Vogel Heinrich sah von seinem grünen Zweig hinein in den goldenen und silbernen Saal und wippte mit dem Schwanz und tschilpte:

»Den Drusch auf die Tenne,
Das Netz in den Kahn,
Das Ei legt die Henne,
Den Mist legt der Hahn –«,

was dem Cymbelinchen irgendwie unhöflich erschien. Und das Pudelfräulein Lulu legte dem Prinzen die Pfoten aufs Knie und sah ihn von unten schief an und blaffte:

»Hirschgeweih,
Nudelrolle,
Viel Geschrei,
Wenig Wolle –«,

so daß das Cymbelinchen sich richtig ärgerte, denn so kann man mit einem Prinzen nun doch nicht reden. Lieber machte es einen artigen Knicks und sagte: »Jawohl, Euer Majestät« und: »Danke schön,

Euer Majestät« und fragte, was denn das für dringliche Geschäfte gewesen wären, daß er so erschöpft aussah.

»Ach«, seufzte der Prinz, »um alles muß man sich kümmern. Daß die Maulwürfe ihre Maulwurfshügel bauen und die Laubfrösche auf der Laubfroschleiter sitzen, daß die Eisbären auf dem Eis bleiben und die Waschbären sich waschen, daß die Mäuse an den Käse gehen und die Katzen nach den Mäusen – lauter Kleinigkeiten, denkst du, aber wenn man nicht alles regelt und dann dafür sorgt, daß es nach den Regeln geht, was, meinst du, würde passieren?«

Das Cymbelinchen versuchte sich vorzustellen, was dann passieren würde, und wurde ganz müde bei dem Gedanken, und es verstand jetzt, warum der Prinz so abgerackert aussah, und fragte ihn: »Ist das nun der Ernst des Lebens?«

Da nickte der Prinz langsam mit dem Kopf und seufzte wieder und sagte: »Ich glaube, ja.«

Das Cymbelinchen sagte: »Möchtest du da nicht lieber der Peter sein?«

»Wer ist der Peter?« fragte der Prinz. »Und was macht er?«

Das Cymbelinchen antwortete: »Der Peter ist der, der mich am Zopf zieht und mir nachruft:

›Linchen, Linchen,
Kesses Bienchen –‹,

und deshalb mag ich ihn auch nicht.«

»Und hat er ein Schloß?« fragte der Prinz.

»Er wohnt bei seiner Großmutter«, sagte das Cymbelinchen, »in der König-Friedrich-August-Straße Nummer drei um die Ecke im Hinterhaus.«

»Das ist komisch«, sagte der Prinz. »Der König Friedrich August ist mein Großvater. Meinst du, sie werden auch eine Straße nach mir benennen?«

Da hüpfte der Vogel Heinrich auf seinem grünen Zweig hin und her und wippte mit dem Schwanz und fing an zu lachen, und das Pudelfräulein Lulu legte sich auf den Rücken und streckte alle vier Pfoten in die Luft und fing gleichfalls an zu lachen, und das Cymbelinchen prustete auch los. Der Prinz aber wurde bleich im Gesicht und rief: »Was gibt es da zu lachen! Wenn ich will, lasse ich in all meinen Städten eine Straße nach mir benennen oder alle Straßen in allen Städten, und dann findet sich überhaupt keiner mehr zurecht!«

Das Cymbelinchen aber sah den Vogel Heinrich an, der noch immer mit dem Schwanz wippte, und das Pudelfräulein Lulu, das noch immer alle vier Pfoten in die Luft streckte, und es konnte nicht aufhören zu lachen. Da rief der Prinz nach der Königinmutter und der Hofdame und der Kammerzofe und dem Hoffloh, ganz laut rief er:

»Himmel Schock,
Potz und Blitz,
Prügelstock,
Hosensitz –«,

nur nach der Stallmagd Wittewitt und der Kuh Dora rief er nicht, denn die waren keine Personen von Rang und Bedeutung, und er regte sich so auf, daß man das Schlimmste befürchten mußte. Darauf kamen die Königinmutter und die Hofdame und die Kammerzofe herbeigelaufen, und der Hoffloh kam herbeigesprungen, und sie waren ganz atemlos, aber es war zu spät. Vor Cymbelinchens Augen wurde der Prinz immer blasser und dünner, und dann war er ganz weg.

»Cymbelinchen!« rief die Großmutter. »Cymbelinchen, hörst du denn nicht! Was hast du wieder gespielt?«

Das Cymbelinchen rieb sich die Nase und runzelte die Stirn. Ja, wie war dies alles gewesen! Dann sah es den großen langen Tannenzapfen und den kleinen dicken Tannenzapfen, und es dachte an das Irmchen, seine Schwester, das geheiratet hatte und in einer grünen Kutsche davongefahren war.

»Hochzeit habe ich gespielt«, sagte das Cymbelinchen. »Aber was kommt nach der Hochzeit? Was ist der Ernst des Lebens?«

»Grüne Klöße«, sagte die Großmutter. »Mit Meerrettichtunke.«

Korax Korax

Genau in der Mitte des großen runden Teichs wuchs eine Wasserlilie, und genau in der Mitte ihres großen runden Blattes saß ein Frosch, der hieß mit Vornamen Korax und mit Nachnamen Korax, also Korax Korax. Korax Korax hatte einen dunklen Rücken und einen hellen Bauch, so daß man meinen konnte, er trüge eine weiße Weste wie unser Herr Bürgermeister bei feierlichen Gelegenheiten oder zu Neujahr. Zu beiden Seiten, rechts und links seiner großen runden Augen, hatte der Frosch Korax Korax je einen runden goldenen Fleck, wie ihn nur ganz verdiente Frösche, die stets das Richtige gequakt haben, erhalten. Unsereiner trägt seine Orden und Ehrenzeichen auf der Brust oder am Band um den Hals, die Frösche jedoch hinter den Augen; darin unterscheiden sich die Menschen von den Fröschen, denn es muß ja auch Unterschiede geben.

Der Frosch Korax Korax saß also auf seinem Blatt und blickte in die Runde. Was für ein Tag war das! Die Sonne schien, und auf dem Wasser glitzerte es, und über dem Wasser schwirrten die Libellen und summten die Fliegen und surrten die Mücken, und wenn der Frosch Korax Korax nicht so satt und fett und träge gewesen wäre, er hätte nur einen Sprung zu machen brauchen, und schwapp wäre ihm der saftigste Braten ins Maul geflogen. So aber blickte er um sich in der Runde und sagte: »Ach, wie ist die Welt wunderbar und zufriedenstellend eingerichtet! So weit das Auge reicht, ein einziger Froschteich, und in der Mitte dieses Froschteichs mein großes rundes Blatt, und in der Mitte dieses Blattes ich – wahrlich, ich bin der Mittelpunkt der Welt, und ich irre wohl nicht, wenn ich annehme, daß die Welt für mich erschaffen wurde.«

Damit richtete er sich auf und holte tief Luft, daß es aussah, als wollte seine weiße Weste platzen, und er rief:

»Quick Quack,
Quaddel Paddel,
Krook Kraaak,
Quorax Korax –«,

was so viel heißen will wie: »Alle mal herhören! Ich, Korax Korax, bin das wichtigste und mächtigste und prächtigste Wesen der Welt, und wer's bezweifelt, wird bestraft.«

Da kam die Haubenlerche angeflogen und hielt direkt über dem großen Blatt des Korax Korax an und flatterte mit den Flügeln und sagte: »Ich höre, du bist der Wichtigste und Mächtigste und Prächtigste. Stimmt das?«

»Ja, natürlich«, sagte der Frosch Korax Korax. »Siehst du nicht, daß ich der Mittelpunkt der Welt bin, um mich lauter schönes, schlammiges Wasser bis dorthin, wo's nicht weitergeht? Im Augenblick denke ich sogar daran, eine Weltgeschichte schreiben zu lassen, die alles umfaßt, vom Beginn der Schöpfung bis zu mir.«

Da flog die Haubenlerche in die Höhe, ganz hoch, der Sonne zu, bis sie nur noch ein Pünktchen war am Himmel, und sie trillerte und trällerte noch schöner und reiner als das Fräulein, welches bei uns am Stadttheater singt. Und dann kam sie zurück und flatterte wieder über dem großen Blatt und sagte zu dem Frosch Korax Korax: »Aber mir scheint, es gibt noch etwas jenseits des Teichs. Ich habe Felder gesehen und Bäume und einen Fluß und Häuser und einen Kirchturm. Ich habe es deutlich gesehen.«

Der Frosch Korax Korax runzelte die Stirn, so daß seine beiden goldenen Flecke noch größer und runder erschienen als gewöhnlich, und erwiderte: »Wenn es deine Felder und Wiesen und Bäume und den Fluß und die Häuser und den Kirchturm und das alles gäbe, dann wäre ich ja nicht der Mittelpunkt der Welt. Da ich aber der Mittelpunkt der Welt und überhaupt der Wichtigste und Mächtigste und Prächtigste bin, hast du dich offensichtlich geirrt. Einfach so hinauffliegen, bis einer nur noch ein Pünktchen ist, und trillern und trällern ist eben eine unwissenschaftliche Methode.«

Da war die Haubenlerche ganz zerknirscht und war noch froh, daß ihr gestattet wurde, ein paar Mücken zu haschen. Der Frosch

Korax Korax aber richtete sich noch höher auf und holte noch tiefer Atem, daß man wirklich dachte, jetzt platzt die Weste aber, und rief:

»Quoak Kroak,
Quakel Kakel,
Truut Traat,
Thorax Korax –«,

was so viel heißen will wie: »Alle mal herhören! Ich, Korax Korax, bin das weiseste Wesen der Welt und verstehe alles, und wer's bezweifelt, wird bestraft.«

Nun kam die Watschelente angeschwommen mit ihren sechs Entlein und hielt direkt vor dem großen Blatt des Korax Korax an und schnatterte mit dem Schnabel und sagte: »Ich höre, du bist das weiseste Wesen der Welt und verstehst alles. Stimmt das?«

»Ja, natürlich«, sagte der Frosch Korax Korax. »Glaubst du, daß ich der Mittelpunkt der Welt wäre, um mich der ganze enorme Froschteich mit all seinen Fliegen und Mücken und Libellen, den Algen und Schlingpflanzen und Fischlein, wenn ich nicht in weiser Voraussicht alles so eingerichtet hätte? Sogar die Haubenlerche hat selbstkritisch erklären müssen, daß dem so ist. Im Augenblick ziehe ich in Betracht, auch euch Vögeln das Quaken beibringen zu lassen, damit wir eine einheitliche Sprachregelung haben. Mit deinen Entlein könnte man beginnen.«

Da schwamm die Watschelente mit ihren sechs Entlein bis zum Rand des großen runden Teichs, und als es nicht weiterging, watschelte sie bedächtig aufs Land hinauf und ihre sechs Entlein in einer Reihe hinter ihr her, daß man meinen konnte, es wäre unsere Frau Schneidereit vom Kindergarten um die Ecke, die die Kinder über den Fahrdamm führt. Nach einer Weile jedoch kam die Watschelente mit ihren sechs Entlein zurückgeschwommen, hielt wieder vor dem großen Blatt an und sagte zu dem Frosch Korax Korax: »Aber mir scheint, daß die Welt doch nicht zu Ende ist am Ende des Teichs. Ich bin selber hinaufgewatschelt aufs Land und meine sechs Entlein in einer Reihe hinter mir her, und wir haben mit eigenen Füßen gespürt, daß da Erdkrumen sind und Steinchen und Gräser und allerhand Kräuter und Gebüsch, und wir haben mit eigenen Schnäbeln probiert, wie das Entenkraut schmeckt.« Und das Entlein, das zuerst aus dem Ei gekrochen war, sagte: »Es schmeckt!« Und das Entlein, das als nächstes ausgekrochen war, sagte: »Es schmeckt!« Und dann sagten die anderen Entlein, alle schön der Reihe nach: »Es schmeckt!« Und es war ein solches Geschnatter, daß der Frosch Korax Korax sein eigenes Wort nicht verstehen konnte.

Der Frosch Korax Korax schüttelte den Kopf, daß die goldenen Flecke neben seinen Augen nur so blitzten, und erwiderte: »Leider beweist das alles nur, daß ein Entengehirn ein Entengehirn ist und keinen Raum hat für höhere Dinge wie Philosophie und Logik. Seht ihr den großen runden Froschteich, in dem ihr schwimmt?«

»Ja«, sagte die Watschelente, und alle ihre sechs Entlein sagten: »Ja«, daß es eine Freude war.

»Seht ihr das große runde Blatt genau in der Mitte des Teichs?« fragte der Frosch Korax Korax weiter.

»Ja«, antwortete die Watschelente, und ihre sechs Entlein sagten gleichfalls: »Ja«, denn der Wahrheit muß man immer die Ehre geben.

»Und seht ihr«, fragte der Frosch Korax Korax schließlich, »daß ich genau in der Mitte des großen runden Blattes sitze, das sich genau in der Mitte des großen runden Teichs befindet?«

»Ja«, gab die Watschelente zu, und die sechs Entlein sagten auch: »Ja«, denn sie sahen es tatsächlich.

»Also«, erklärte der Frosch Korax Korax, »wenn dem so ist, dann habt ihr euch offensichtlich geirrt, und all eure Erdkrumen und Steinchen und Gräser und das Gebüsch und das Entenkraut gibt es nur in eurem Entengehirn. Einfach so aufs Land gehen und mit den Füßen spüren und mit dem Schnabel probieren ist eben eine unwissenschaftliche Methode.«

»Aber wenn wir doch richtiges Entenkraut gefressen haben!« sagte das jüngste Entlein. Es sprach jedoch ganz leise und schüchtern, und die alte Watschelente sagte sofort: »Willst du wohl den Schnabel halten! Der Frosch Korax Korax hat recht, man muß konsequent sein, und je eher du das in deinen kleinen Entenkopf kriegst, desto besser.«

Da war das jüngste Entlein ganz zerknirscht und war noch froh, daß es ein paar Wasserflöhe haschen durfte. Der Frosch Korax Korax aber richtete sich so hoch auf, daß er beinahe aus dem Gleichgewicht kam, und pumpte sich die Brust so voll mit Luft, daß seine weiße Weste sicherlich geplatzt wäre, wäre sie nicht aus Froschhaut gewesen, die nicht platzen konnte, und er rief:

»Quäcks Kräcks,
Treekel Ekel,
Plaag Ploog,
Rorax Korax –«,

was so viel heißen will wie: »Alle mal herhören! Ich, Korax Korax, bin der Herr über alles, und alle sind mir untertan, und wer's bezweifelt, wird bestraft.«

Da kam ein Fröschlein vorbeigehüpft, das war noch sehr jung und mager und trug ein hellgrünes Röcklein und hatte nicht einmal einen Namen, geschweige denn zwei, und von goldenen Flecken neben den Augen konnte gar nicht die Rede sein.

»He du!« rief der Frosch Korax Korax. »Wohin des Wegs so eilig? Wer bist du überhaupt? Warum bleibst du nicht stehen und nimmst gefälligst den Hut ab, wie sich's gehört? Weißt du nicht, daß du dich im Mittelpunkt der Welt befindest und daß ich der Wichtigste und Mächtigste und Prächtigste und das weiseste Wesen und überhaupt der Herr über alles bin?«

»Entschuldige, großer Korax Korax«, sagte das Fröschlein. »Wie du siehst, bin ich noch ganz hellgrün, und einen Namen habe ich auch nicht. Und da ich aus einer kinderreichen Familie komme – wir waren dreihundertdreiunddreißig kleine Frösche zu Hause –, sind meine Eltern wohl nicht dazugekommen, mir beizubringen, daß die Welt einen Mittelpunkt hat.«

»Jetzt weißt du's jedenfalls«, antwortete der Frosch Korax Korax. »Daß mir das nicht noch mal vorkommt, diese Respektlosigkeit. Aber du scheinst mir ein ganz lebendiges Fröschlein zu sein, fix und behende. Ich werde dich zu meinem persönlichen Referenten machen, und du kannst mir die Mücken und Fliegen haschen und gelegentlich eine Libelle, und dann wirst du eine Weltgeschichte schreiben, die alles umfaßt, vom Beginn der Schöpfung bis zu mir, und du wirst den Vögeln das Quaken beibringen, damit wir eine einheitliche Sprachregelung haben.«

Das Fröschlein schwieg und schien sich's zu überlegen.

»Und wenn du hübsch gelehrig bist und brav machst, was dir gesagt wird, und immer nur quakst, was ich dir vorquake, dann steht dir die gesamte Froschlaufbahn offen, und wer weiß, eines Tages wirst du vielleicht auf meinem Blatt sitzen und der Mittelpunkt der Welt sein.«

Plötzlich kam der Peter und watete quer durch den Teich, direkt auf das große runde Blatt zu, in dessen Mitte der Frosch Korax Korax saß. Das Fröschlein, das keinen Namen hatte, hüpfte plitsch, platsch davon, und die Watschelente mit ihren sechs Entlein schwamm plitsch, platsch ins Schilf, und die Haubenlerche stieg hoch in die Luft, ganz hoch, bis sie nur noch ein Pünktchen war am Himmel.

Der Frosch Korax Korax aber richtete sich zu voller Größe auf und holte tief Luft und rief:

»Quorax Rorax,
Thorax Korax –«,

was so viel heißen sollte wie: »Ich, Korax Korax, bin der Mittelpunkt der Welt –«

Weiter kam er nicht, denn schwupps hatte der Peter ihn gegriffen und in den Sack gesteckt, und nur das große runde Blatt, auf dem der Frosch Korax Korax gesessen hatte, schaukelte noch ein wenig.

Der Peter aber brachte ihn nach Hause und steckte ihn in eins von Mutters runden Einweckgläsern, mit etwas Moos und Wasser am Boden, und da sitzt der Frosch Korax Korax nun, genau in der Mitte seht ihr ihn, mit dem dunklen Rücken und der weißen Brust und den zwei goldenen Flecken rechts und links neben den Augen – immer noch der Mittelpunkt der Welt. Doch wie klein ist seine Welt jetzt, nicht größer als ein Einweckglas!

Der alte Pelzmantel

Da hing der alte Pelzmantel unter allerlei Gerümpel im Laden und sah ganz zerrissen und zerschlissen aus. Dabei war er einst so prächtig gewesen und hatte so herrlich gewärmt und hatte einen richtigen Otterkragen gehabt. Jetzt aber hatte er nur noch einen einzigen Knopf, der war aus echtem Hirschhorn, und auch der hing am letzten Faden.

Und nun kam der Trödler, dem der Laden gehörte, und besah sich den alten Pelzmantel. »Mehr Löcher als Stoff, mehr Risse als Haare«, sagte der Trödler, »dich kauft doch keiner. Aber Platz nimmst du weg, und Platz ist Geld, das hat schon mein Vater gesagt, und der kannte sich aus im Geschäft.«

Bevor er sich's versah, lag der alte Pelzmantel draußen auf der Mülltonne, und da ihm die meisten Haare ausgegangen waren, fror er in der Kälte, nachdem er so lange im Trocknen gehangen hatte.

»Jetzt hast du's«, sagte der Hirschhornknopf. »Hochmut kommt vor dem Fall. Und das Schlimmste ist, mich hast du mit ins Unglück gerissen, denn du und ich, wir hängen zusammen.«

»Du tust, als ob du die Weisheit mit Löffeln gefressen hättest«, sagte der Pelzmantel. »Dabei bist du nur ein Knopf.«

»Aber ein Hirschhornknopf!« sagte der Hirschhornknopf. »Einen echten Hirschhornknopf kann man immer brauchen. Doch du bist überhaupt nichts mehr wert. Und bei Lichte besehen warst du auch früher kein solches Prachtstück.«

»Ach«, sagte der Pelzmantel, »du warst schon immer ein mißgünstiger Knopf. Warst du nicht selbst dabei, als der große Dichter mich kaufte, im feinsten Pelzgeschäft, mit dem Geld, das er für sein Theaterstück bekam, und als ich zum Hofball fuhr beim Großherzog, neben mir in der Karosse die schöne Tänzerin Pimpinella, die sich auf der Fußspitze drehen konnte, bis es allen Leuten schwindlig wurde beim Zusehen? Willst du vielleicht behaupten, all das ist nicht gewesen?«

»Schnipp, schnapp, papperlapapp«, sagte der Hirschhornknopf. »Und wo bist du jetzt? Auf der Mülltonne.«

»Und dann nahm der große Dichter die schöne Tänzerin Pimpinella an sein Herz und legte mich um sie, und die schöne Pimpinella sagte: ›Ach, wie bist du warm und gut‹, und der große Dichter dachte, er wäre gemeint, aber in Wahrheit meinte sie mich, denn ich war es, der an ihrer weichen Haut lag, die nach Rosen duftete und nach Frühling.«

»Flimm, flemm, flammerie«, sagte der Hirschhornknopf. »Ich möchte nicht wissen, wonach du jetzt duftest. Aber einen echten Hirschhornknopf kann man immer brauchen.«

Der alte Pelzmantel flappte mit den Ärmeln, denn er fror sehr, und er brauchte ein bißchen Bewegung. »Es ist noch nicht aller Tage Abend«, sagte er, »und wahre Größe ist unvergänglich.«

»Das hat schon mancher behauptet, der auch auf der Mülltonne saß«, erwiderte der Hirschhornknopf.

»Ich werde es dir beweisen«, sagte der Pelzmantel. »Ich werde meinen Herzensfreund, den großen Dichter, aufsuchen, und du kommst mit, denn du hängst an mir, wenn auch nur am letzten Faden.«

»Und du meinst, dann wird alles gut sein?« fragte der Hirschhornknopf höhnisch. »So was passiert nur in Märchen, und Märchen passieren nicht mehr.«

Da flappte der alte Pelzmantel stärker mit den Ärmeln und kam tatsächlich in Bewegung. Seine ersten Schritte waren noch recht tapperig, denn es war lange her, seit er das letzte Mal auf der Straße gewesen war, und er schlenkerte hin und her im Wind, der ihm durch die Löcher blies. Aber wenn sich einer etwas richtig vornimmt und seinen ganzen Willen daransetzt, dann kommt er wohl vorwärts, auch wenn er schon alt und zerschlissen ist.

Nun waren sie bereits eine Weile durch die Gassen der Stadt gelaufen an diesem kalten Abend, wo die Leute lieber im warmen Zimmer saßen und Glühwein tranken und Tiddeliwinks spielten. Der Schutzmann Säbelbein an der Ecke hatte den alten Pelzmantel vorbeikommen sehen und war ganz erschrocken, denn so etwas war ihm noch nicht vorgekommen, obwohl er schon viele Leute ohne Kopf gesehen hatte. Schwipp schwapp, Kopf ab, aber einen zerrissenen, durchlöcherten Pelzmantel, der ganz ohne was drin vorbeiläuft? Und der Gepäckträger Huckepack hatte den Mantel gesehen auf dem Weg vom Bahnhof, aber der war nicht erschrocken, denn er hatte eine rote Nase von dem vielen Glühwein, den er trank, und er erblickte alle Tage grüne Nixen und rosa Elefanten und lauter merkwürdige Dinge.

»Wo willst du nun deinen Herzensfreund, den großen Dichter, finden?« fragte der Hirschhornknopf.

»Man muß das Haus finden, wo er gewohnt hat«, sagte der alte Pelzmantel. »Es war ein großes Haus mit einem geflügelten Pferd aus Stein über dem Tor und mit blankgeputzten Fenstern, mehr ein Palast als ein Haus, eben ein Haus, wo ein Pelzmantel mit einem richtigen Otterkragen so wie ich hineinpaßte.«

»Otterkragen!« sagte der Hirschhornknopf. »Den Otterkragen hat der Kutscher Friedrich abgetrennt und für Schnaps verkauft, das vergißt du wohl?«

»Ich vergesse gar nichts«, sagte der alte Pelzmantel. »Ich weiß sogar die Adresse. Das Haus ist in der Großherzog-Leopold-Gasse, wo alle vornehmen Leute wohnen.«

Da waren sie in der Großherzog-Leopold-Gasse. Aber das Haus lag ganz finster und verlassen da, und die Fenster, die früher so blankgeputzt gewesen, waren ganz blind von Staub und voller Spinnweben, und unter dem geflügelten Pferd aus Stein hing ein verwittertes Schild mit der Aufschrift: *Zu vermieten.*

»Siehst du«, sagte der Hirschhornknopf, »und darum das Flappen mit den Ärmeln und die ganze Aufregung? Da hättest du auch auf der Mülltonne bleiben können, in deinem Zustand, statt mich hierherzuschleppen. Denn einen echten Hirschhornknopf kann man immer brauchen.«

Der arme alte Pelzmantel lehnte sich ganz müde in die Ecke vom Toreingang, wo der Wind nicht so blies. Er brauchte Zeit zum Verschnaufen, denn auch wenn einer schon viele Haare gelassen hat im Leben, eine Enttäuschung ist eine Enttäuschung. Dann sagte er: »Mein Herzensfreund, der große Dichter, wird umgezogen sein. Er wird die schöne Tänzerin Pimpinella geheiratet haben und lebt nun bei ihr, und jeden Morgen essen sie Honigkipferln, und jeden Abend küssen sie sich.«

»Schnick, schnack, Kartoffelsack«, sagte der Hirschhornknopf. »Und wie willst du die schöne Pimpinella finden?«

»Wir werden zum Herrn Stadtrat gehen«, sagte der alte Pelzmantel. »Der wird es wissen, denn der hat mich dem großen Dichter abgekauft, und er hat die schöne Pimpinella unter seine Fittiche genommen. Die Stadtbehörden haben seit je etwas für Kunst übrig.«

»Und wie willst du den Herrn Stadtrat finden?« fragte der Hirschhornknopf.

»Wir werden zum Kutscher Friedrich gehen«, sagte der alte Pelzmantel. »Der wird es wissen, denn der hat beim Herrn Stadtrat gedient, und darum hat der Herr Stadtrat mich ihm geschenkt. Die Kutscher oben auf dem Bock im Winde wissen einen guten Pelzmantel zu schätzen.«

»Und wie willst du den Kutscher Friedrich finden?« fragte der Hirschhornknopf.

»Wir werden zu dem Straßenhändler Florian gehen«, sagte der alte Pelzmantel. »Der wird es wissen, denn der kommt überall herum und hat mich dem Kutscher Friedrich gestohlen. Der Straßenhandel ist ohne warme Pelzmäntel gar nicht denkbar.«

»Und wo willst du den Straßenhändler Florian finden?« fragte der Hirschhornknopf.

»Auf dem Markt«, sagte der alte Pelzmantel, »wo sonst?«

Der alte Pelzmantel raffte sich auf und flappte mit den Ärmeln und kam bald in Bewegung, denn jetzt hatte er schon Übung, und der Hirschhornknopf, der am letzten Faden hing, immer mit. Der Leutnant Sausebraus sah den Mantel vorbeikommen und kratzte sich hinterm Ohr und dachte: Man trägt die Hosen jetzt ganz ohne Beine? Ich muß sofort mit meinem Schneider reden. Und das großherzogliche Hoffräulein Luise, das auf dem Wege war, sich mit dem Leutnant Sausebraus zu treffen, erblickte den Mantel ein wenig später und fiel vor Schreck um, denn am Hofe und bei der Regierung ist man doch empfindlicher als im gemeinen Volke, besonders wenn einer kommt, dem der Kopf fehlt *und* der Kragen.

Dann waren sie auf dem Markt. Und da stand der Straßenhändler Florian mit seinen Männekens, die nicht höher als dein Daumen waren und die er mit einem Schlüsselchen aufzog, daß sie herumliefen und im Takt mit dem Kopf nickten wie alle guten Bürger. Dazu rief er: »Männekens! Männekens! Wer kauft meine wunderbaren, einzigartigen, unbezahlbaren, leibhaftigen, selbsttätigen, beweglichen Männekens? Für die Kinder, für die Damen! Männekens mit und ohne Namen!« Aber das Geschäft war schlecht, denn in der Kälte kam niemand auf den Markt, und der Straßenhändler Florian fror wie ein Spatz und war denkbar schlechter Laune.

»Erkennst du mich nicht wieder?« fragte der alte Pelzmantel. »Wo ich dir doch treu gedient habe all die Jahre, bis du mich dem Trödler verpfändet hast für zehn Groschen?«

»Männekens! Männekens!« rief der Straßenhändler Florian. »Wenn du kein Männeken kaufen willst, troll dich. Du verjagst mir noch die Kundschaft, zerschlissen und zerrissen, wie du bist!«

»Er erkennt dich nicht«, sagte der Hirschhornknopf zu dem alten Pelzmantel. »Ich habe es dir gleich gesagt, du hättest auch auf der Mülltonne bleiben können, in deinem Zustand.«

»Ach, Straßenhändler Florian!« sagte der alte Pelzmantel. »Dabei war ich doch ein stattlicher Pelzmantel, als wir uns das erste Mal sahen, auch wenn der Otterkragen schon weg war. Hätte ich dir nicht gefallen, so hättest du mich wohl nicht gestohlen.«

»Wer sagt hier, ich hätte gestohlen?« rief der Straßenhändler Florian. »Du willst mir wohl die Polizei auf den Hals bringen! Mach, daß du fortkommst, oder ich zerreiß dich gänzlich!«

»Ich will nur, daß du mir sagst, wo ich den Kutscher Friedrich finde«, sagte der alte Pelzmantel. »Im übrigen sehe ich jetzt, daß es keine Dankbarkeit gibt.«

»Ritsch, ratsch, Dankbarkeit«, sagte der Hirschhornknopf. »An so einem Pelzmantel muß ich hängen.«

»Nur ein Wort, Straßenhändler Florian«, sagte der alte Pelzmantel. »Nur die Adresse. Ich muß den Kutscher Friedrich finden, damit ich den Herrn Stadtrat finde, damit ich die schöne Pimpinella finde, damit ich meinen Herzensfreund, den großen Dichter, finde. Es ist wichtig.«

»Männekens! Männekens!« rief der Straßenhändler Florian. »Wer kauft meine Männekens!«

»Und ich habe dich gewärmt«, sagte der alte Pelzmantel, »Tag und Nacht, solange ich konnte.«

»Also gut«, sagte der Straßenhändler Florian schließlich, »daß wir schon zu einem Ende kommen. Ich werde dir das Männeken Zottel mitgeben, das weiß den Weg.«

Damit nahm er sein Schlüsselchen und zog das Männeken Zottel auf und gab ihm einen Schubs in der richtigen Richtung. Das Männeken Zottel war jedoch das ärmste und schäbigste unter all den Männekens, es hatte nur ein heiles Bein, und auf dem andern hinkte es, aber es wußte den Weg zum Kutscher Friedrich, und das war die Hauptsache.

Der alte Pelzmantel flappte mit den Ärmeln, und fort ging's dem Männeken Zottel nach, das auf seinem Hinkebein so rasch daherhüpfte, daß man sich richtig sputen mußte, und der Hirschhornknopf an seinem letzten Faden immer mit. Die Jungfer Zierdichnicht sah den Mantel vorbeieilen im Abendnebel und dachte: Herrjemine, die Männer werden auch immer kürzer, aber ein Mann ohne Kopf ist doch besser als gar keiner. Und der kleine Zigeunerjunge Bruno an der Ecke, der die Streichhölzer verkauft, wollte schon rufen: »Zündhölzer! Echte Schwefelzündhölzer!« Aber dann hustete er nur, denn der Husten plagte ihn besonders an so feuchtkalten Abenden. Außerdem hatte der Pelzmantel keinen Kopf, und wer keinen Kopf hat, kann auch nicht Pfeife rauchen und braucht daher keine Zündhölzer.

Da waren sie beim Gasthaus »Zum Engel«, das einen großen goldenen Engel mit zwei weißen Flügeln über der Tür hängen hatte und vor dem die Droschke mit dem Pferd Liese stand. In dem Gasthaus »Zum Engel« aber stand der Kutscher Friedrich, und zwar stand er an der Theke und trank schon das dritte Glas Wacholder – das erste gegen die Kälte, das zweite gegen die Feuchtigkeit und das dritte zur Gesellschaft.

»Erkennst du mich nicht wieder?« fragte der alte Pelzmantel. »Wo du doch seinerzeit meinen Otterkragen abgetrennt und für Schnaps verkauft hast?«

»Immer man sachte, immer man sachte«, sagte der Kutscher Friedrich. »Siehst mir auch nicht aus, als ob du meine Droschke mieten könntest. Dann zahl mir wenigstens noch einen Wacholder.«

»Auch der erkennt dich nicht«, sagte der Hirschhornknopf zu dem alten Pelzmantel. »Das ganze Gelaufe und Gefrage ist für die Katz, warum du's bloß nicht einsehen willst!«

»Ach, Kutscher Friedrich!« sagte der alte Pelzmantel. »Dabei war ich noch sehr gut erhalten und hatte fast alle meine Haare und den schönen dunkelbraunen Otterkragen, als der Herr Stadtrat mich nahm und dir schenkte.«

»Schenkte! Schenkte!« rief der Kutscher Friedrich. »Der? Abgezogen hat er mir's um Heller und Pfennig von meinem Lohn, und dann hat er mich an die Luft gesetzt. Zum Teufel mit deinem Herrn Stadtrat!«

»Ich will nur, daß du mir sagst, wo ich den Herrn Stadtrat finde«, sagte der alte Pelzmantel. »Im übrigen sehe ich jetzt, daß es keine wahre Großzügigkeit gibt.«

»Ritsch, ratsch, Großzügigkeit«, sagte der Hirschhornknopf. »An so einem Pelzmantel muß ich hängen.«

»Nur ein Wort, Kutscher Friedrich«, verlegte sich der alte Pelzmantel aufs Bitten. »Ich muß den Herrn Stadtrat finden, damit ich die schöne Pimpinella finde, damit ich meinen Herzensfreund, den großen Dichter, finde. Es hängt sehr viel davon ab.«

»Zahlst du mir einen Wacholder?« fragte der Kutscher Friedrich. »Einen einzigen kleinen Wacholder?«

»Schau mir doch in die Taschen«, sagte der alte Pelzmantel. »Greif ruhig hinein – alles Löcher. Hast doch selber die Löcher hineingestoßen in den Nächten auf dem Kutschbock, wenn du auf den Herrn Stadtrat warten mußtest und auf die schöne Pimpinella.«

»Also gut«, sagte der Kutscher Friedrich schließlich, »damit ich schon meinen Frieden habe. Ich werde dir das Pferd Liese mitgeben, das weiß den Weg.« Damit steckte er zwei Finger in den Mund und pfiff dreimal hoch und einmal tief.

Da fing das Pferd Liese draußen an zu stampfen und war bereit loszulaufen. Das Pferd Liese war jedoch das älteste und dürrste in der ganzen Stadt, es hatte nur ein Auge, und auf dem schielte es, aber es wußte den Weg zum Herrn Stadtrat, und das war die Hauptsache.

Das war schon ein besseres Fortkommen. Der alte Pelzmantel saß auf dem Polstersitz in der Droschke wie ein vornehmer Herr, und das Männeken Zottel war auf den Kutschbock gehüpft und hockte da oben wie ein Floh auf dem Kragen, und der Hirschhornknopf, der am letzten Faden hing, immer mit. Der Nachtwächter Pollepopp sah das Gefährt vorbeirattern ohne Kutscher und ohne Kopf und rief: »Gottseibeiuns! Das jüngste Gericht bricht aus!« Und blies in sein Horn, daß die Leute erschraken und dachten, es wäre ein Feuer irgendwo. Und der Herr Pfarrer Kleinschmidt sah es auch, als er vom Sterbebett eines reichen Geizsacks heimging, und dachte: Da kommt ja schon der Teufel, um die Seele zu holen. Und er bekreuzigte sich dreimal und machte kehrt und begab sich gleichfalls ins Gasthaus »Zum Engel«, denn nach so einem Erlebnis tut ein Wacholder auch einem geistlichen Herrn gut.

Da waren sie nun beim Haus des Herrn Stadtrats, das hell erleuchtet war, denn er hatte Gäste gehabt zu Tanz und Kartenspiel, und der Herr Stadtrat stand in der offenen Haustür und sagte zu einem nach dem anderen: »Tschüs, mein Herr, Adieu, meine Dame, ich hoffe, Euer Wohlgeboren haben sich gut amüsiert.«

Dabei schlüpfte der alte Pelzmantel, nachdem er dem Männeken Zottel und dem Pferd Liese gleichfalls »Tschüs, mein Herr, Adieu, meine Dame« gesagt hatte, an dem Herrn Stadtrat vorbei ins Haus und flappte mit den Ärmeln, damit er die Treppen hinaufkam und hinein in den guten Salon mit der blauen Tapete und den Brokatsesseln.

Das Schönste im Salon aber war ein großer venezianischer Spiegel, der in allen Farben glitzerte, und in dem Glas des Spiegels sah der alte Pelzmantel die schöne Pimpinella. Die schöne Pimpinella stand auf den Zehenspitzen und hatte die Lippen gespitzt, als ob sie ihrem Spiegelbild einen richtigen Kuß geben wollte, so schön und zart und lebendig war dieses Spiegelbild, und dem alten Pelzmantel wäre wohl das Herz stehengeblieben bei dem Anblick, wenn er nur ein Herz gehabt hätte statt eines Hirschhornknopfes.

»Erkennst du mich denn nicht wieder?« flüsterte er, denn beinahe hätte es ihm die Stimme ganz und gar verschlagen. »Erinnerst du dich nicht, wie der große Dichter dich an sein Herz nahm und mich um dich legte auf der Fahrt zum Ball beim Großherzog? Ich weiß noch genau, wie du geduftet hast – nach Rosen und nach Frühling. Ganz wie jetzt, ach, ganz wie jetzt.«

»Wo kommt denn dieser Fetzen her?« fragte der Herr Stadtrat, denn nun waren die Gäste fort, und er war wieder im Zimmer. »Wer hat denn den hier gelassen?«

»Du hast mich meinem Herzensfreund, dem großen Dichter, abgekauft«, sagte der Pelzmantel. »Erkennst du mich nicht?«

»Sie erkennen dich nicht«, sagte der Hirschhornknopf. »Beide. Ich habe es dir ja gleich gesagt. Wärst du lieber auf deiner Mülltonne geblieben, statt den guten Salon mit der blauen Tapete zu beschmutzen!«

»Ich habe etwas für dich«, sagte der Herr Stadtrat zu der schönen Pimpinella. »Was bekomme ich dafür, wenn ich dir's gebe?«

»Was ist es denn?« fragte die schöne Pimpinella und blickte ihrem Spiegelbild in die Augen.

Da trat der Herr Stadtrat an sie heran und legte ihr ein Perlenhalsband um den schlanken Hals. Die schöne Pimpinella neigte den Kopf elegant zur Seite und ließ die Perlen an ihrem Hals im Licht des Spiegels schillern und blinken.

»Nun?« sagte der Herr Stadtrat. »Was bekomme ich?«

»Mich«, sagte die schöne Pimpinella und küßte statt ihres Spiegelbildes den Herrn Stadtrat.

»Ach«, sagte der alte Pelzmantel und rief den Namen des großen Dichters.

Da erschrak die schöne Pimpinella, und der Herr Stadtrat drehte sich empört um. »Was willst du eigentlich?« fragte er den alten Pelzmantel. »Troll dich aus meinem Salon, oder ich werfe dich eigenhändig hinaus.«

»Schöne Pimpinella«, sagte der Pelzmantel. »Wo ist der große Dichter, dem wir beide gehörten? Vielleicht kann er wenigstens mich noch brauchen.«

»Der große Dichter!« rief der Herr Stadtrat. »Man höre! Er ist in Ungnade gefallen beim Großherzog und bei mir und bei der Regierung, welche die Größe der Dichter bestimmt und ob einer überhaupt ein Dichter sein darf. Der große Dichter sitzt in der Gosse, die schöne Pimpinella aber hat ein Perlenhalsband erhalten und gehört mir.«

»Nun sehe ich, daß es keine echte Größe und wahre Liebe gibt«, sagte der alte Pelzmantel. »Wäre ich nur auf meiner Mülltonne geblieben!«

»Ritsch, ratsch, echte Größe, wahre Liebe«, sagte der Hirschhornknopf. »An so einem Pelzmantel muß ich hängen.«

Da packte der Herr Stadtrat den alten Pelzmantel und trug ihn zum Fenster und warf ihn hinaus.

Unten auf dem Rinnstein an der Gosse saß der ehemalige große Dichter und blickte nach oben, von wo der alte Pelzmantel ihm um die Schultern gefallen war. »Das ist doch sonderbar«, sagte er. »Sicher ist es eine Art Botschaft von der schönen Pimpinella.«

»Erkennst du mich wirklich nicht wieder?« fragte der alte Pelzmantel.

Eine Träne fiel aus dem Auge des ehemaligen großen Dichters auf den Hirschhornknopf. »Wie sollte ich dich nicht wiedererkennen, alter Mantel!« sagte er. »Trägst du doch noch einen Hauch an dir von dem, was einst war – von Rosen und Frühling.«

»Plisch, plusch, plamm«, sagte der Hirschhornknopf, »wenn's wenigstens von Mottenpulver wäre!«

Da stand der ehemalige große Dichter auf, und nun sah man erst, wie dünn und fiebrig und krank er war. Er schlug den alten Pelzmantel um sich, und der alte Pelzmantel gab ihm die letzte Wärme, die er hatte, und zusammen gingen sie fort, immer weiter, immer weiter auf der Suche nach dem Land, wo es Dankbarkeit gab und Großzügigkeit und wahre Liebe und echte Größe und Hoffnung.

Der Hirschhornknopf aber blieb zurück, denn jetzt war der letzte Faden gerissen, und einen echten Hirschhornknopf kann man immer brauchen.

Die Geschichte vom Zwerg Casimir und der Prinzessin Sismonda

Ganz oben in den sieben Bergen, wo das Gestein rot und grün und blau und golden und überhaupt in allen Farben funkelt und wo der Wind durchs Geklüft heult und man ganz dicht am Mond und den Sternen ist, dort wohnte der Zwerg Casimir. Er hatte eine Zwergziege mit Namen Mathilde, die gab ihm Ziegenmilch und kletterte überallhin, wo selbst die kühnsten Bergsteiger nicht hinkonnten, und einen Zwerghund, der hieß Willibald und lag immer auf dem Sessel neben dem Ofen, weil es da am wärmsten und gemütlichsten war, und das liebte er.

Der Zwerg Casimir war nun nicht etwa ein gewöhnlicher Zwerg mit roter Kapuze und grünem oder blauem Röcklein, wie sie bei uns in den Vorgärten stehen oder auf hölzernen Fliegenpilzen sitzen und die Landschaft verschönern. O nein, der Zwerg Casimir hielt etwas auf sich und wollte höher hinaus; er trug enganliegende gestreifte Hosen und Schuhe mit scharfen Spitzen und ein weichledernes Wams; er färbte seinen Bart mit dem Saft der Blume Collinia Wollinia, so daß dieser nicht grau war, wie bei den anderen Zwergen, sondern blond wie ein Sahnebonbon, und säuberte sich sogar die Fingernägel; und wenn andere Zwerge ihn anstaunten, sagte er, es gäbe zwar in der ganzen Zwergengeschichte kein Beispiel, daß einer von ihnen die Prinzessin bekommen hätte, aber es hätte es ja auch keiner von ihnen ernsthaft versucht, und er hätte es sich vorgenommen. Wenn die Gartenzwerge oder auch die Zwerge hinter den sieben Bergen und die vor den sieben Bergen ihn so daherreden hörten, schüttelten sie die grauen Köpfe und kraulten sich die grauen Bärte; und der älteste von ihnen, der schon so lange auf seinem Fliegenpilz saß, daß er gar nicht mehr aufstehen konnte, sagte:

»Gänsefeder,
Hinterleder,
Bienenschwanz,
Firlefanz«,

und die andern Zwerge dachten, wer weiß, was das wieder für Weisheiten sind, und sie kraulten ihre Bärte noch heftiger und schüttelten ihre Köpfe noch stärker.

Der Zwerg Casimir aber ging zu der Zwergziege Mathilde, und die Zwergziege Mathilde sagte:

»Die Raben, die Raben,
die waben und schaben
und graben und naben –
Schwarzer Fleck,
Ziegendreck!«

Der Zwerghund Willibald jedoch sagte nur: »Wuff!« und drehte sich um und schlief weiter am Ofen.

So lagen die Dinge in diesem Frühjahr, als der Schnee schmolz und die Anemonen ihre Köpfchen aus der Erde steckten und die Schneeglöckchen läuteten, was das Zeug hielt, und alle Welt das Gefühl hatte, jetzt müßte man aber mal ganz laut und kräftig »Juchhe!« schreien. Da dachte der Zwerg Casimir: wer nicht wagt, der nicht gewinnt – und er nahm sein Hämmerlein und schlug aus dem Gestein, wo es am rötesten und grünsten und blauesten und goldensten und überhaupt in allen Farben funkelte, die schönsten Steine; und jeden Stein setzte er in ein Ringlein, und aus den allerprächtigsten Steinen fertigte er ein Krönlein; das sollte für die Prinzessin sein, die er sich suchen würde. Dann packte er seine Schätze in ein braunes Säcklein und kletterte auf die Zwergziege Mathilde und nahm den Zwerghund Willibald, dem das gar nicht gefiel, an die Leine, und holterdipolter ging es den Berg hinab, daß der Staub flog und ein Berghase, der gerade vorbeikam, rasch zur Seite springen mußte, sonst hätte es sicher einen Unfall gegeben. Und nun waren sie unten im Tale. Da gab es viele Mädchen. Junge Mädchen und solche in den besten Jahren und auch alte Mädchen, die nachmittags in der Konditorei sitzen und Kaffee trinken und Apfelkuchen mit Schlagsahne essen – aber Prinzessinnen? Glaubt ihr vielleicht, die stehen an jeder Straßenecke und warten darauf, geheiratet zu werden? Nein, so ist die Welt nicht gebaut, und man muß sich schon tüchtig umsehen, um eine richtige Prinzessin zu finden, und selbst dann ist sie meist schon vergeben, und unsereins hat das Nachsehen.

So ging es auch dem Zwerg Casimir. Er zog von einem Dorf zum andern und von einer Stadt zur andern, und die Zwergziege Mathilde wurde immer dünner und gab immer weniger Milch, und der Zwerghund Willibald wurde immer müder und griesgrämiger und sagte kaum noch: »Wuff!« Und das Schlimmste war, daß das braune Säcklein, in dem sich die schönen Ringlein und das Krönlein befanden, immer leichter wurde – denn jedesmal, wenn der Zwerg Casimir glaubte, eine Prinzessin gefunden zu haben, die ihm gefiel, kam er des Nachts zu ihr, wenn sie schlief, und steckte ihr ein Ringlein an den Finger; und wenn die Prinzessin aufwachte, rief sie: »Ach, der schöne Ring, wer hat mir den wohl gegeben?«; und wenn der Zwerg Casimir das hörte, sagte er: »Ich war's!« Aber dann sah die Prinzessin, daß er nur ein Zwerg war, wenn auch einer mit gestreiften Hosen und scharfgespitzten Schuhen und einem weichledernen Wams, und sie sagte: »Was soll ich mit dir anfangen? Ich müßte Angst haben, daß ich dich erdrücke wie einen Floh oder verschlucke wie eine Erbse, denn viel größer bist du wahrhaftig nicht. Geh und laß dich nicht wieder blicken!« – So hatte der arme Zwerg Casimir zum Spott noch den Schaden, denn auch nicht eine einzige von den Prinzessinnen dachte daran, ihm seinen Ring zurückzugeben.

Schließlich hatte er nur noch das Krönlein und war ganz bedrückt, denn wie sollte er jetzt auf anständige Weise und so, wie sich's gehört, mit einer Prinzessin Bekanntschaft schließen? Er fragte die Zwergziege Mathilde, und die Zwergziege Mathilde sagte:

»Die Schlangen, die Schlangen,
die bangen und wangen
und drangen und hangen –

Weißer Fleck,
Ziegendreck!«

Der Zwerghund Willibald jedoch sagte nicht einmal: »Wuff!«, denn er hatte das Umherziehen und die Suche nach der richtigen Prinzessin längst satt.

So lagen die Dinge in diesem Spätherbst, als der Frost kam und die Köpfe der Herbstastern grau wurden und die letzte Rose abfiel und alle Welt das Gefühl hatte: Jetzt aber nichts wie hinter den warmen Ofen und Filzpantoffeln an die Füße, damit wir nicht den Schnupfen kriegen und zu Weihnachten noch niesen!

Und gerade, wie es auch noch anfing, so traurig zu regnen, da kamen sie in das Land Mondanien, das eingeteilt war in Untermondanien und Obermondanien, und in Untermondanien herrschte der Großwesir Fitzli, und in Obermondanien herrschte der Großwesir Putzli, der König aber hieß Mondamin und war soeben abgesetzt worden, weil er alles falsch gemacht hatte. Wenigstens sagte der Großwesir Fitzli, der König hätte alles falsch gemacht, und der Großwesir Putzli stimmte ihm eifrig zu, und wenn in einem Reich beide Großwesire dasselbe sagen, dann wird es schon stimmen. Und daher setzten sie den König auf Rente, obwohl er noch gar nicht im Rentenalter war, und der arme König Mondamin ging den ganzen Tag in seinem Schloß Rondomondo nur auf Strümpfen einher, damit ihm nicht noch mehr in die Schuhe geschoben würde.

Am Tor des Schlosses Rondomondo aber war das große Staatswappen des Königs angebracht, zwei Raben und zwei Schlangen überquer mit einem schwarzen und einem weißen Fleck, und als der Zwerg Casimir das sah, hielt er die Zwergziege Mathilde an, die nun schon ganz dünn und zottig war, und die Zwergziege Mathilde sagte:

»Die Raben, die Raben,
die waben und schaben –
Die Schlangen, die Schlangen,
die bangen und hangen –
Schwarzer Fleck,

weißer Fleck,
Ziegendreck!«

Der Zwerghund Willibald aber schüttelte sich die Regentropfen aus dem Fell und drehte sich im Kreise, bis er sich in den Schwanz biß, und sagte: »Wuff, wuff, wuff!« gleich dreimal hintereinander, was bei ihm eine Seltenheit war, und da wußte der Zwerg Casimir, daß wirklich eine richtige Prinzessin im Schloß sein mußte, und er bürstete sich die gestreiften Hosen und die scharfgespitzten Schuhe und zog sich das weichlederne Wams glatt, und hast-du-nicht-gesehen galoppierte er auf der Zwergziege Mathilde durch das kleine Loch im Tor, wo sonst die Katzen ein und aus gehen, hinein in das Schloß Rondomondo, und der Zwerghund Willibald war an der Leine und mußte mit.

Im großen Schloßsaal spielte der Großwesir Fitzli mit dem Großwesir Putzli Karten um die Hand der schönen Prinzessin Sismonda, aber da sie beide gleich tüchtig waren im Falschspielen, gewann gar keiner. Der arme König Mondamin aber ging auf Strümpfen einher, und die schöne Prinzessin Sismonda langweilte sich. Der Zwerg Casimir trat vor sie hin und verbeugte sich tief und sagte: »Hochverehrtes, allerschönstes und zierlichstes Fräulein! Eure Augen sind heller als die Sterne der Nacht, Eure Lippen röter als der edle Stein Rubin, Eure Gestalt süßer als ein Pfannkuchen, und mein ganzes Herz ist in Liebe entbrannt zu Euch...«

»Ach«, sagte die Prinzessin Sismonda, »wie sprecht Ihr so angenehm zu mir, Herr Großwesir Fitzli!«

Der Großwesir Fitzli antwortete: »Ich habe gar nicht zu Euch gesprochen, Prinzessin« und rief: »Trumpf!« und stach die Karte des Großwesirs Putzli.

»Ach«, sagte da die Prinzessin Sismonda, »dann seid Ihr es gewesen, Herr Großwesir Putzli, der so angenehm zu mir gesprochen hat!«

Der Großwesir Putzli antwortete: »Auch ich habe nicht zu Euch gesprochen, Prinzessin; es wird wohl Euer Herr Vater, der alles falsch macht, gewesen sein« und rief: »Trumpf!« und stach seinerseits die Karte des Großwesirs Fitzli.

»Herr Vater Mondamin«, sagte die Prinzessin, »habt Ihr vielleicht so angenehm zu mir gesprochen?«

»Ich?« sagte der abgesetzte König und lief noch rascher auf seinen Strümpfen einher. »Ich sage gar nichts mehr, denn was man heute sagt, kann morgen schon falsch sein.«

»Hochverehrtes, allerschönstes und zierlichstes Fräulein!« rief da der Zwerg Casimir. »Ich bin es, der so angenehm zu Euch gesprochen hat. Ihr müßt die Güte haben, nach unten auf den Teppich zu blicken, wo die zwei roten Rosen sich küssen, dort stehe ich in meinen gestreiften Hosen und scharfgespitzten Schuhen und meinem weichledernen Wams, und ich heiße Casimir.«

Da blickte die Prinzessin nach unten auf den Teppich, wo die zwei roten Rosen sich küßten, und dort stand tatsächlich ein Männlein mit einem feingestutzten Bart, der blond war wie ein Sahnebonbon, und mit Fingernägeln, welche im Gegensatz zu den Fingernägeln der Großwesire Fitzli und Putzli sauber waren.

»Mein lieber Casimir«, sagte da die Prinzessin Sismonda, »wer so angenehm zu mir spricht wie du, verdient gehört zu werden, auch wenn er nur ein Zwerg ist. Allerdings ist mein Vater, der Herr König Mondamin, kürzlich auf Rente gesetzt worden, weil er alles falsch gemacht hat, und das verändert auch meine Lage. Ich müßte daher wissen, ob deine Absichten ehrliche sind, oder ob du nur die Notlage einer hilflosen Prinzessin ausnutzen willst. Im übrigen heiße ich Sismonda und bin im heiratsfähigen Alter.«

»Ach, hochverehrte und allerschönste und zierlichste Prinzessin Sismonda«, rief da der Zwerg Casimir und richtete sich auf, so hoch er konnte. »Es gibt zwar in der ganzen Zwerggeschichte keinen Fall, daß einer von uns die schöne Prinzessin bekommen hätte, aber wie du dich selber überzeugen kannst, bin ich ja auch kein gewöhnlicher Zwerg in roter Kapuze und grünem und blauem Röcklein, und um dir die Ehrlichkeit meiner Absichten zu beweisen, übergebe ich dir hiermit nicht etwa ein Ringlein, wie andere, gewöhnliche Prinzessinnen es erhalten haben, sondern ein Krönlein, wie es auf der ganzen Welt kein zweites gibt.« Und er öffnete sein braunes Säcklein und nahm seinen letzten Schatz, das Krönlein, heraus und gab es der Prinzessin in die zierliche weiße Hand.

Die Prinzessin Sismonda setzte sich das Krönlein auf ihr Haar und trat vor den Spiegel und sagte: »Ach, welch wunderbares Krönlein, und wie gut es mir steht, und wenn ich nun auch noch ein passendes Halsband dazu hätte und passende Spangen am rechten und am linken Arm und ein passendes Mieder, ich wäre die glücklichste Prinzessin der Welt und könnte mir aussuchen, ob ich den Großwesir Fitzli oder den Großwesir Putzli heiraten will oder gar keinen.« Zu dem Zwerg Casimir aber, der mit bangem Herzen gewartet hatte, sagte sie: »Mein lieber Casimir, das Krönlein ist wirklich allerliebst, aber du wirst verstehen, daß der Großwesir Fitzli wie auch der Großwesir Putzli gleichfalls große Schätze besitzen, welche sie mir geben werden, sobald feststeht, wer das Kartenspiel gewonnen hat. Ich würde daher vorschlagen, du bringst mir ein Halsband, das zu dem Krönlein paßt, und dann sprechen wir uns wieder.«

Da sagte der Zwerg Casimir: »Das wird aber sieben Jahre dauern, denn so lange dauert es, ein Halsband zu machen, das zu dem Krönlein paßt, und wirst du auch sieben Jahre auf mich warten?«

In diesem Augenblick kam der abgesetzte König Mondamin auf seinen Strümpfen einher und sagte: »Mit wem sprecht Ihr eigentlich, Töchterlein, und von wem habt Ihr das Krönlein?«

Und die Prinzessin antwortete: »Sagt lieber nichts, Herr Vater Mondamin, denn was Ihr heute sagt, kann morgen schon falsch sein!« Und zu dem Zwerg Casimir flüsterte sie: »Du hörst, man bemerkt uns. Mach dich fort, ehe der Großwesir Fitzli oder der Großwesir Putzli dich entdecken. Auf Wiedersehen in sieben Jahren!«

Unten im Schloßhof standen die Zwergziege Mathilde und der Zwerghund Willibald an der Leine, und der Zwerg Casimir saß auf, und fort ging's durch das kleine Loch im Tor, wo sonst die Katzen ein und aus gehen, und weiter und immer weiter, ohne Rast und Ruh, ohne Ruh und Rast, bis zu den sieben Bergen und die sieben Berge hinauf bis dorthin, wo das Gestein rot und grün und blau und golden und überhaupt in allen Farben funkelt und wo der Wind durchs Geklüft heult und man ganz dicht am Mond und den Sternen ist.

Der Zwerg Casimir aber war glücklich und summte und sang und tirilierte und jubilierte die ganze Zeit, denn die Prinzessin Sismonda hatte ihm gesagt: »Auf Wiedersehen in sieben Jahren« – und was sind sieben Jahre für einen, der wahrhaftig liebt.

Und die Zwergziege Mathilde kletterte wieder über die Felsen und lebte richtig auf, und der Zwerghund Willibald lag wieder auf dem Sessel hinterm Ofen und lebte auch richtig auf, und der Zwerg Casimir ergriff sein Hämmerlein und schlug aus dem Gestein, wo es am rötesten und grünsten und blauesten und goldensten und überhaupt in allen Farben funkelte, die schönsten Steine; und aus den allerprächtigsten Steinen machte er ein Halsband, das schöner war als alle Damenhalsbänder der Welt und genau zu dem Krönlein paßte, welches er der Prinzessin Sismonda gegeben hatte. Und er arbeitete so eifrig an diesem Halsband, daß er nicht einmal Zeit hatte, nach der Blume Collinia Wollinia zu suchen, mit deren Saft er sich den Bart sahnebonbonblond gefärbt hatte, und als die sieben Jahre um waren und das Halsband fertig, war sein Bart ganz grau.

Auf den Tag genau nach sieben Jahren also galoppierte der Zwerg Casimir auf der Zwergziege Mathilde und mit dem Zwerghund Willibald an der Leine durch das kleine Loch im Tor, wo sonst die Katzen ein und aus gehen, in den Hof des Schlosses Rondomondo. Dort stieg er ab und sagte der Zwergziege Mathilde, sie möchte ein wenig warten; bald käme er zurück mit der schönen Prinzessin Sismonda. Die Zwergziege Mathilde erwiderte:

»Hopf und Tropf,
Geschwollner Kopf,
Band am Hals
Allenfalls.«

Der Zwerghund Willibald aber drehte sich im Kreise, bis er sich in den Schwanz biß, und sagte: »Wuff!«, denn er glaubte der Ziege kein Wort. Der Zwerg Casimir jedoch eilte hinauf in den großen Schloßsaal, in seiner Hand das braune Säcklein, darin das Halsband lag für die schöne Prinzessin Sismonda. Und da saßen die Großwesire Fitzli und Putzli und spielten immer noch um die Hand der Prinzessin; doch weil es mit den Karten zu nichts geführt hatte, würfelten sie jetzt; aber sie waren auch gleich tüchtig im Falschwürfeln, und so gewann keiner. Der auf Rente gesetzte König Mondamin ging immer noch auf Strümpfen einher, und die Prinzessin Sismonda langweilte sich.

Der Zwerg Casimir trat vor sie hin auf den Teppich, wo die zwei roten Rosen sich küßten, und rief: »Hochverehrtes, allerschönstes und zierlichstes Fräulein!«

Doch weiter kam er nicht, denn die Prinzessin unterbrach ihn sofort: »Ach, da bist du ja, mein lieber Casimir! Du bist ganz schön grau geworden in diesen sieben Jahren, das muß ich sagen. Doch hast du mir mein Halsband gebracht?«

Aber auch die Prinzessin Sismonda war sieben Jahre älter geworden; ihre Nase hatte sich deutlich zugespitzt, und ihre zarten weißen Hände waren nicht mehr so zart und weiß wie früher, und sie hatte eine Falte am Hals. Der Zwerg Casimir jedoch bemerkte das nicht, denn wer liebt und das Bild der Geliebten im Herzen trägt, der sieht nur das Bild und nicht die Wirklichkeit. Der Zwerg Casimir nahm das Halsband aus dem braunen Säcklein und gab es der Prinzessin in die Hand und sagte: »Legt es um Euren entzückenden schlanken Hals, Prinzessin Sismonda, und schenkt mir dafür Euer Herz.«

Die Prinzessin legte das Halsband um ihren Hals und trat vor den Spiegel und sagte: »Es ist wirklich ein außerordentliches Halsband, und es verdeckt genau die Falte, welche mir schon solche Sorgen gemacht hat. Wenn ich jetzt noch die Armspangen und das Mieder bekäme, wäre ich die glücklichste Prinzessin der Welt und könnte mir aussuchen, ob ich den Großwesir Fitzli oder den Großwesir Putzli heiraten will oder gar keinen.« Und zu dem Zwerg Casimir sagte sie: »Mein lieber Casimir, das Halsband ist tatsächlich von hervorragender Qualität, aber der Großwesir Fitzli ebenso wie der Großwesir Putzli sind in diesen sieben Jahren auch nicht faul gewesen, und beide haben beträchtliche Schätze erworben, welche sie mir geben werden, sobald feststeht, wer das Würfelspiel gewonnen hat. Ich würde daher vorschlagen, du bringst mir für meinen rechten und für meinen linken Arm Spangen, welche zu dem Krönlein und dem Halsband passen, und dann sprechen wir uns wieder. Allerdings hoffe ich, daß es nicht noch einmal sieben Jahre dauert.«

»Doch«, sagte der Zwerg Casimir, »so lange dauert es leider.«

Da kam der abgesetzte König Mondamin auf seinen Strümpfen einher und fragte: »Mit wem sprecht Ihr da, Töchterlein, und von wem habt Ihr das reizende Halsband, das Eure Falte am Halse verdeckt?«

Und die Prinzessin antwortete: »Sagt lieber nichts, Herr Vater Mondamin, denn wer eine Meinung hat, behält sie besser für sich.« Und zu dem Zwerg Casimir sagte sie: »Troll dich! Und daß du mir nicht ohne die Armspangen zurückkommst! Auf Wiedersehen in sieben Jahren!«

Was blieb da dem Zwerg Casimir anderes übrig, als zu tun, was die Prinzessin Sismonda ihm befohlen hatte, und nach abermals sieben Jahren galoppierte er wieder auf der Zwergziege Mathilde mit dem Zwerghund Willibald an der Leine durch das kleine Loch im Tor, wo sonst die Katzen ein und aus gehen, hinein in den Hof des Schlosses Rondomondo. Aber wie sah er jetzt aus! Über der Arbeit an der Spange für den linken Arm der Prinzessin hatte er keine Zeit gehabt, die Blume Collinia Wollinia zu suchen und sich mit dem Saft den Bart sahnebonbonblond zu färben, und über der Arbeit an der Spange für den rechten Arm der Prinzessin hatte er keine Zeit gehabt, sich die Fingernägel zu säubern, und seine scharfgespitzten Schuhe hatten Löcher in den Sohlen, und die Absätze waren richtig schiefgetreten; ganz mitgenommen und heruntergekommen war er. Doch in dem braunen Säcklein trug er die zwei Armspangen für die schöne Prinzessin Sismonda, und die waren so wunderherrlich und funkelten so recht in allen Farben der Berge, daß einem die Augen übergingen, wenn man sie betrachtete.

Der Zwerg Casimir bat die Zwergziege Mathilde, im Schloßhof zu warten, und sagte, diesmal würde er die Prinzessin Sismonda aber bestimmt mitbringen, und die Zwergziege Mathilde erwiderte:

»Mottensterz,
Kaltes Herz,
Schöne Spange
Hält nicht lange.«

Der Zwerghund Willibald aber drehte sich im Kreise, bis er sich in den Schwanz biß, und sagte: »Wuff!«, denn er hielt gar nichts von höheren Gefühlen.

Oben im Schloßsaal saßen die Großwesire Fitzli und Putzli und spielten immer noch um die Hand der Prinzessin; aber da es mit den Karten zu nichts geführt hatte und auch mit den Würfeln zu keiner Entscheidung gekommen war, spielten sie Tricktrack; doch wenn der eine einen falschen Trick anwandte, wandte der andere einen falschen Track an, und so gewann keiner.

Der abgesetzte König Mondamin ging immer noch auf Strümpfen einher, und die Prinzessin Sismonda langweilte sich.

Der Zwerg Casimir stellte sich auf den Teppich, wo die zwei roten Rosen sich küßten, und sagte: »Hochverehrtes, allerschönstes und zierlichstes Fräulein!«

Die Prinzessin hatte ihn bereits bemerkt und sagte: »Du siehst ja nicht gerade aus, wie man aussehen sollte, wenn man vor eine Prinzessin tritt, mein lieber Casimir! Deine scharfgespitzten Schuhe müßten zum Schuhmacher, und du bist noch älter und grauer geworden, als du letztes Mal warst. Ich hoffe jedoch, daß du die Armspangen gebracht hast.«

Ja, aber auch an der Prinzessin Sismonda waren diese sieben Jahre nicht spurlos vorbeigegangen; ihre Nase hatte sich noch beträchtlich schärfer zugespitzt, und an den Augen hatte sie Runzeln, und das Fleisch ihrer zierlichen Arme war schon ein wenig verwelkt. Dem Zwerg Casimir jedoch erschien sie immer noch so, wie er sie gesehen hatte, als er das erste Mal vor sie hintrat, denn er liebte sie, und außerdem stand er unten auf dem Teppich, und von da war es eine ziemliche Entfernung bis hinauf zu der spitzen Nase der Prinzessin und ihren Runzeln und ihren welken Armen. So nahm er denn die beiden Spangen aus dem braunen Säcklein und gab sie der Prinzessin in die Hand und sagte: »Tut sie um Eure zierlichen, weißen, süßen Arme, Prinzessin Sismonda, und schenkt mir dafür Euer Herz.«

Die Prinzessin tat die linke Spange um ihren linken Arm und die rechte Spange um ihren rechten Arm und trat vor den Spiegel und sagte: »Die Spangen sind wahrhaft köstlich, ich habe nie so prächtige gesehen, und sie verdecken genau die welken Stellen an meinen Armen, welche mir schon solche Sorgen gemacht haben. Wenn ich jetzt noch das Mieder bekäme, wäre ich die glücklichste Prinzessin der Welt und könnte mir aussuchen, ob ich den Großwesir Fitzli oder den Großwesir Putzli heiraten will oder gar keinen.«

Der Zwerg Casimir stand stumm auf dem Teppich, wo die zwei roten Rosen sich küßten, und wartete und hoffte. Die Prinzessin aber sagte zu ihm: »Mein lieber Casimir, du hast mehr als mein Herz verdient. Das Krönlein, das du mir gegeben hast, war zauberhaft, und das Halsband war wunderherrlich, und die Spangen für meinen linken Arm und für meinen rechten Arm sind geradezu einzigartig. Aber du wirst zugestehen, daß ich auch eine zauberhafte und wunderherrliche und einzigartige Prinzessin bin und daß ich nun noch ein Mieder haben sollte, welches zu meinem Krönlein und meinem Halsband und meinen Spangen paßt. Oder glaubst du etwa nicht?«

»Doch«, sagte der Zwerg Casimir, »das glaube ich schon.«

»Außerdem«, fuhr die Prinzessin fort, »sind auch der Großwesir Fitzli ebenso wie der Großwesir Putzli in diesen sieben Jahren nicht faul gewesen und haben ein jeder weitere große Schätze erworben, welche sie mir geben werden, sobald feststeht, wer das Tricktrackspiel gewonnen hat.«

»Aber für ein solches Mieder«, sagte der Zwerg Casimir, »das zu dem Krönlein und dem Halsband und den Armspangen paßt und das sich anschmiegt an die allerschönste und zierlichste Gestalt der Prinzessin Sismonda, würde man noch einmal sieben Jahre brauchen!«

»Vielleicht kannst du dich etwas sputen«, tröstete die Prinzessin, »und schaffst es in sechs Jahren elf Monaten drei Wochen sechs Tagen und dreiundzwanzig Stunden.«

»Ich werde es versuchen«, sagte der Zwerg Casimir.

Da kam der abgesetzte König Mondamin auf seinen Strümpfen einher und fragte: »Mit wem sprecht Ihr da, Töchterlein, und von wem habt Ihr die kostbaren Armspangen, welche die welken Stellen an Euren Armen verdecken?«

Und die Prinzessin antwortete: »Sagt lieber nichts, Herr Vater Mondamin, denn wer schweigt, dem kann man auch nichts am

Zeuge flicken.« Und zu dem Zwerg Casimir sagte sie: »Ich dachte, du wolltest dich sputen! Auf Wiedersehen in sieben Jahren!«

Ach, diese sieben Jahre waren die härtesten für den Zwerg Casimir. Er summte und sang nicht mehr, und er tirilierte und jubilierte nicht mehr, drei Jahre lang kletterte er mit seinem Hämmerlein durch das Geklüft ganz oben auf den sieben Bergen und sammelte die schönsten Steine, und sein feines weichledernes Wams zerriß ihm und zerschliß ihm, und drei Jahre lang saß er und schnitt die Steine und schliff sie und polierte sie, und seine enganliegende gestreifte Hose zerriß ihm und zerschliß ihm, und dann brauchte er noch elf Monate und drei Wochen sechs Tage und dreiundzwanzig Stunden zum Nähen und Steppen des Mieders. Dann aber war es fertig, und es war so weich und geschmeidig, und die Steine daran funkelten so rot und grün und blau und golden und überhaupt in allen Farben, daß einem die Augen übergingen und man meinen konnte, der Zwerg Casimir habe ein Stück Sonne eingefangen für seine geliebte Prinzessin Sismonda.

Der Zwerg Casimir aber bestieg die Zwergziege Mathilde und nahm den Zwerghund Willibald an die Leine, und holterdipolter ging es den Berg hinab, daß der Staub flog und eine Bergschnecke, die gerade vorbeikam, rasch die Hörner einziehen mußte, sonst hätte es sicher einen Unfall gegeben. Und dann ritt er ein in das Schloß Rondomondo durch das kleine Loch im Tor, wo sonst die Katzen ein und aus gehen, und auf dem Schloßhof ließ er die Zwergziege Mathilde stehen mit dem Zwerghund Willibald an der Leine und sagte: »Diesmal bringe ich die Prinzessin Sismonda aber ganz bestimmt mit, ihr werdet es sehen.«

Da sagte die Zwergziege Mathilde:

»Dreimal dumm
macht nicht gescheit.
Kehre um,
wechsel das Kleid!«

Der Zwerghund Willibald aber drehte sich im Kreise, bis er sich in den Schwanz biß, und sagte: »Blaff!«, während er doch sonst immer

»Wuff!« sagte, doch der Zwerg Casimir hatte keine Zeit, darüber nachzudenken, denn nun schlug es dreizehn vom Schloßturm, und da waren die letzten sieben Jahre um, und er mußte hinauf in den Schloßsaal.

Der Großwesir Fitzli und der Großwesir Putzli aber saßen nicht mehr und spielten nicht mehr um die Hand der Prinzessin, denn mit dem Kartenspielen hatte es zu nichts geführt und mit dem Würfeln und mit dem Tricktrack auch nicht. Sie standen vielmehr einander gegenüber, und jeder hatte einen großen Spieß in der Hand, und gerade als der Zwerg Casimir auf den Teppich trat, wo die zwei roten Rosen sich küßten, spießten sie einander auf und fielen um.

Als der König Mondamin das sah, hörte er auf, auf Strümpfen einherzugehen, und zog sich seine Pantoffeln an, und es war auch höchste Zeit, denn seine Strümpfe waren ganz durchgelaufen. Die Prinzessin aber sagte: »Man sieht doch, daß die Welt sich ändert, und was gestern war, kommt heute nicht mehr. Ich möchte nur wissen, wo mein lieber Casimir bleibt, denn jetzt könnte ich ihn brauchen.«

Der Zwerg Casimir machte eine tiefe Verbeugung und rief: »Hochverehrtes, allerschönstes und zierlichstes Fräulein!«

»Ach, da bist du ja!« sagte die Prinzessin. »Es wäre zwar besser gewesen, wenn du die Blume Collinia Wollinia gefunden und dir den Bart sahnebonbonblond gefärbt hättest und wenn du die Fingernägel gesäubert und dir scharfgespitzte Schuhe und enganliegende gestreifte Hosen und ein ledernes Wams angezogen hättest, aber wenn du mir das Mieder gebracht hast, das zu meinem Krönlein und meinem Halsband und meinen Armspangen paßt und das sich anschmiegt an meine allerschönste und zierlichste Gestalt, will ich dir mein Herz schenken, denn die Großwesire Fitzli und Putzli sind beide umgefallen und kommen nicht mehr in Frage.«

Da nahm der Zwerg Casimir das Mieder aus dem braunen Säcklein und hielt es der Prinzessin Sismonda hin. Und weil er so aufgeregt war, daß er nun doch noch sein Glück finden sollte, nach dreimal sieben Jahren, zitterte ihm die Hand, und das Mieder fiel auf den Teppich, genau dort, wo die zwei roten Rosen sich küßten. Das

Mieder aber war so wunderschön und funkelte und blitzte und leuchtete so herrlich, daß die Prinzessin vergaß, daß sie eine Prinzessin war, und sich gierig danach bückte.

Und da zersprang das Bild, das der Zwerg Casimir von der schönen Prinzessin in seinem Herzen trug, und er sah sie ganz dicht vor sich, wie sie wirklich war nach dreimal sieben Jahren, und er sagte: »Ach, Prinzessin Sismonda – hättest du dich begnügt mit dem Krönlein, das ich dir schenkte, wie schön wärest du gewesen! Aber du wolltest das Halsband; das hat mich meinen sahnebonbonblonden Bart gekostet, dich aber sieben Jahre. Hättest du dich mit dem Halsband begnügt, wie liebenswert wärest du gewesen! Aber du wolltest die Armspangen; das hat mich meine Fingernägel und meine scharfgespitzten Schuhe gekostet, dich aber weitere sieben Jahre. Hättest du dich mit den Armspangen begnügt, wie weise wärest du gewesen! Aber du wolltest auch das Mieder; das hat mich meine enganliegenden gestreiften Hosen und mein weichledernes Wams gekostet, dich aber noch einmal sieben Jahre. Jetzt hast du eine ganz spitze Nase und Runzeln an den Augen und fleckige Hände und welke Arme, und das Mieder schlottert an dir wie die Fahne am Mast, wenn kein Wind weht.«

In diesem Augenblick kam der abgesetzte König Mondamin in seinen Pantoffeln einher und sagte: »Wer piepst denn so auf unserem Teppich, wo die roten Rosen sich küssen, und woher habt Ihr das Mieder, Töchterlein, das an Euch schlottert wie die Fahne am Mast, wenn kein Wind weht?«

»Ach«, sagte die Prinzessin Sismonda, »da piepst eine Maus, und das Mieder ist ein alter Fetzen, der nichts wert ist. Also sagt lieber nichts, Herr Vater Mondamin, denn wer nichts sagt, dem stopft man auch nicht das Maul.«

Da nahm der König einen von seinen Pantoffeln und warf ihn dahin, wo die Maus gepiepst hatte. Aber er traf den Zwerg Casimir nicht, denn der war längst fort und ritt auf der Zwergziege Mathilde durch das Loch im Tor, wo sonst die Katzen ein und aus gehen, hinaus aus dem Schloß Rondomondo und durch Obermondanien und Untermondanien und immer weiter, und der Zwerghund Willibald an der Leine lief hinterher.

Da kamen sie in unseren Garten, und die Friederike schneiderte dem Zwerg Casimir eine rote Kapuze und ein blaues Röcklein, und der Peter gab ihm einen Fliegenpilz zum Draufsitzen, und die Zwergziege Mathilde steht neben ihm, und der Zwerghund Willibald ist an der Leine. Ihr könnt sie selber sehen, alle drei, und wenn ihr lange genug wartet, dreht sich der Zwerghund Willibald im Kreise, bis er sich in den Schwanz beißt, und sagt: »Wuff!«

Der kleine König, der ein Kind kriegen mußte

Das Land, in dem der kleine König regierte, war nicht sehr groß, aber ihm genügte es. Des Morgens stand er auf und frühstückte mit seiner Frau, die Adelheid hieß, und während er sein Süppchen aß und seinen Kaffee trank, sagte sie ihm, was für Gesetze er heute verkünden müßte und wen er zu bestrafen hätte, und der kleine König sagte, ja, ja, das wäre schon recht so, aber Frau Adelheid sagte, Worte allein genügten nicht, man müsse auch etwas tun, und so mußte der kleine König denn weg von seinem Frühstückstisch und an die Arbeit.

An diesem Tag schien die Sonne so schön, und der kleine König löffelte gerade sein Süppchen aus und freute sich auf seinen Kaffee und dachte: heute werde ich im Park spazierenfahren, wo der Kuckuck so lustig ruft und der Schwan so still auf dem Teich gleitet, aber da sagte Frau Adelheid: »Kleiner König«, sagte sie, »es ist doch nicht gerecht, daß immer die Frauen in der Küche stehen und das Mittagessen kochen und das Geschirr und die Töpfe waschen müssen, und nicht die Männer, oder?«

»Ja, ja«, sagte der kleine König, »mich deucht, da ist schon was dran.«

»Dann mußt du noch heute ein Gesetz verkünden, kleiner König«, sagte Frau Adelheid, »daß von jetzt an die Männer in der Küche stehen und das Mittagessen kochen und das Geschirr und die Töpfe waschen müssen, und wer das Gesetz nicht befolgt, zahlt Strafe.«

»Ja, ja«, sagte der kleine König, »das ist schon recht so.«

Frau Adelheid aber sagte: »Worte allein genügen nicht, man muß auch etwas tun«; und so mußte der kleine König weg von seinem Frühstückstisch und flugs in die Küche und das Mittagessen kochen und das Geschirr und die Töpfe waschen, und aus seinem Ausflug in den Park wurde nichts.

Am nächsten Tag regnete es, und der kleine König wollte gerade ein Stück Zucker in seinen Kaffee tun und dachte: heute werde ich in mein Zimmer gehen und in dem großen Buch lesen, wo so viele schöne Geschichten drin sind, aber da sagte Frau Adelheid: »Kleiner König«, sagte sie, »es ist doch nicht gerecht, daß immer die Frauen die kunstvollen Kissenbezüge sticken müssen für Tante Martha und die warmen Wolldecken häkeln für Onkel Julius, und nicht die Männer, oder?«

»Ja, ja«, sagte der kleine König, »mich deucht, da ist schon was dran.«

»Dann mußt du noch heute ein Gesetz verkünden, kleiner König«, sagte Frau Adelheid, »daß von jetzt an die Männer die kunstvollen Kissenbezüge sticken müssen für Tante Martha und die warmen Wolldecken häkeln für Onkel Julius, und wer das Gesetz nicht befolgt, kommt an den Pranger.«

»Ja, ja«, sagte der kleine König, »das ist schon recht so.«

Frau Adelheid aber sagte: »Worte allein genügen nicht, man muß auch etwas tun«; und so mußte der kleine König weg von seinem Frühstückstisch und flugs in die Küche und das Mittagessen kochen und das Geschirr und die Töpfe waschen und dann in die Arbeitskammer und einen kunstvollen Kissenbezug sticken für Tante Martha und eine warme Wolldecke häkeln für Onkel Julius, und mit dem Lesen in dem großen Buch, wo so viele schöne Geschichten drin waren, wurde es auch nichts.

Am Tag darauf fror es tüchtig, und der kleine König wollte gerade seinen Kaffee schlürfen und dachte: heute werde ich mir die Schlittschuhe anschnallen und über das Eis sausen, daß es eine Freude ist, aber da sagte Frau Adelheid: »Kleiner König«, sagte sie, »es ist doch nicht gerecht, daß immer die Frauen den Fußboden scheuern und die Fenster putzen müssen, und nicht die Männer, oder?«

»Ja, ja«, sagte der kleine König, »mich deucht, da ist schon was dran.«

»Dann mußt du noch heute ein Gesetz verkünden, kleiner König«, sagte Frau Adelheid, »daß von jetzt an die Männer den Fußboden scheuern und die Fenster putzen müssen, und wer das Gesetz nicht befolgt, kommt ins Gefängnis.«

»Ja, ja«, sagte der kleine König, »das ist schon recht so.«

Frau Adelheid aber sagte: »Worte allein genügen nicht, man muß auch etwas tun«; und so mußte der kleine König weg von seinem Frühstückstisch und flugs in die Küche und das Mittagessen kochen und das Geschirr und die Töpfe waschen und dann in die Arbeitskammer und einen kunstvollen Kissenbezug sticken für Tante Martha und eine warme Wolldecke häkeln für Onkel Julius und dann ins Wohnzimmer und den Fußboden scheuern und die Fenster putzen, und mit dem Schlittschuhlaufen und dem übers Eis Sausen, daß es eine Freude war, wurde es gleichfalls nichts.

Einen Tag später war überhaupt kein Wetter mehr, und der kleine König aß sein Süppchen nicht und trank auch keinen Kaffee und dachte: heute gehe ich zurück ins Bett und ziehe mir die Decke über die Ohren und wärme mir den Bauch und die Füße, aber da sagte Frau Adelheid: »Kleiner König«, sagte sie, »es ist doch nicht gerecht, daß immer die Frauen die Kinder kriegen, und nicht die Männer, oder?«

»Ja, ja«, sagte der kleine König, »mich deucht, da ist schon was dran.«

»Dann mußt du noch heute ein Gesetz verkünden, kleiner König«, sagte Frau Adelheid, »daß von jetzt an die Männer die Kinder kriegen müssen, und wer das Gesetz nicht befolgt, Kopf ab.«

»Ja, ja«, sagte der kleine König, »das ist schon recht so.«

Frau Adelheid aber sagte: »Worte allein genügen nicht, man muß auch etwas tun«; und so mußte der kleine König weg von seinem Frühstückstisch und flugs in die Küche und das Mittagessen kochen und das Geschirr und die Töpfe waschen und dann in die Arbeitskammer und einen kunstvollen Kissenbezug sticken für Tante Martha und eine warme Wolldecke häkeln für Onkel Julius und dann ins Wohnzimmer und den Fußboden scheuern und die Fenster putzen, und nun mußte er auch noch ein Kind kriegen, aber er wußte nicht, wie.

»Vielleicht gehen Euer Majestät zur weisen Frau im nächsten Dorf um die Ecke herum«, riet die Magd Zenzi, »die hat schon vielen geholfen.«

Der kleine König machte sich eilends auf den Weg zum nächsten

Dorf um die Ecke herum und sprach mit der weisen Frau und sagte ihr, er müsse unbedingt ein Kind kriegen.

»Das ist doch ganz einfach«, sagte die weise Frau. »Kinderkriegen ist wie Semmelbacken, nur dauert es etwas länger. Ich werde Euch ein Tränklein geben, das trinkt Ihr, und das wird gewiß helfen.«

Der kleine König dankte der weisen Frau und trank ihr Tränklein und wartete, aber er kriegte kein Kind, und Frau Adelheid sagte: »Tu doch endlich etwas, damit du ein Kind kriegst, denn ein König muß ein Vorbild sein für die Leute, selbst wenn er nur ein kleiner König ist.«

»Vielleicht gehen Euer Majestät zum Herrn Doktor im nächsten Dorf um zwei Ecken herum«, riet die Magd Zenzi, »der hat schon vielen geholfen.«

Der kleine König machte sich eilends auf den Weg zum nächsten Dorf um zwei Ecken herum und sprach mit dem Herrn Doktor und sagte ihm, er müsse unbedingt ein Kind kriegen.

»Das ist doch ganz einfach«, sagte der Herr Doktor. »Das Kinderkriegen ist nur am Anfang schwer, später gewöhnt man sich daran. Ich werde Euch eine Pille geben, die ist so groß wie ein Reichstaler, die schluckt Ihr, und das wird gewiß helfen.«

Der kleine König dankte dem Herrn Doktor und schluckte seine Pille und wartete, aber er kriegte kein Kind, und Frau Adelheid sagte: »Du mußt dich mehr anstrengen, damit du ein Kind kriegst, denn auch ein König muß sich nach dem Gesetz richten, selbst wenn er nur ein kleiner König ist.«

»Vielleicht gehen Euer Majestät zum Herrn Pastor im nächsten Dorf um drei Ecken herum«, riet die Magd Zenzi, »der hat schon vielen geholfen.«

Der kleine König machte sich eilends auf den Weg zum nächsten Dorf um drei Ecken herum und sprach mit dem Herrn Pastor und sagte ihm, er müsse unbedingt ein Kind kriegen.

»Das ist doch ganz einfach«, sagte der Herr Pastor. »Seit Adam und Eva, welches die ersten Menschen waren, haben die Leute Kinder gekriegt. Ihr müßt nur recht herzlich darum beten, hier habt Ihr eine dicke Kerze, die stiftet Ihr der heiligen Jungfrau Maria, und das wird gewiß helfen.«

Der kleine König stiftete die dicke Kerze und wartete, aber er kriegte kein Kind, und Frau Adelheid sagte: »Jetzt wird's aber höchste Zeit, daß du ein Kind kriegst, sonst heißt es Kopf ab, denn auch ein König hat einen Kopf, selbst wenn er nur ein kleiner König ist.«

Da bekam der kleine König einen großen Schreck, und er wartete nicht weiter ab, sondern verließ sein Schloß, ohne sich erst bei Frau Adelheid zu verabschieden, und ging hinaus in sein Land und lief drei Tage und drei Nächte, bis er in die hohen Berge kam, wo sein Land zu Ende war, und am nächsten Morgen, als er vor Hunger und Müdigkeit schon fast nicht mehr weiterkonnte, traf er ein kleines Hirtenmädchen, das eine Kuh und eine Ziege auf der Wiese hatte und sonst nichts.

»Du siehst aber schlimm aus«, sagte das kleine Hirtenmädchen. »Dein Wams hängt dir vom Leibe, so abgemagert bist du, und deine feinen Schuhe sind schon ganz durchgelaufen, und deine Knie zittern dir.«

»Ja, ja«, sagte der kleine König, »ich wäre auch lieber zu Haus in meinem schönen Park, wo der Kuckuck so lustig ruft und der Schwan so still auf dem Teich gleitet, oder in meinem Zimmer, wo ich ein großes Buch habe mit schönen Geschichten drin, oder auf Schlittschuhen, mit denen ich übers Eis sause, daß es eine Freude ist, oder wenigstens in meinem warmen Bett, aber so hat es seine Not mit mir.«

»Möchtest du vielleicht ein Stück Brot mit Ziegenkäse und ein Töpfchen warme Milch?« fragte das Hirtenmädchen. »Ich habe gerade noch etwas übrig vom Frühstück.«

So kam der kleine König endlich zu seinem Frühstück, und er durfte es aufessen, ohne daß ihm gesagt wurde, was für Gesetze er heute verkünden müßte und wen er zu bestrafen hätte, und erst nachdem er sich den Mund abgewischt hatte, neigte sich das kleine Hirtenmädchen zu ihm hin und fragte, was es denn für eine Not mit ihm habe.

»Ach«, sagte er, »ich muß ein Kind kriegen, sagt mir Frau Adelheid, oder es heißt Kopf ab.«

»Aber du kannst doch gar keins kriegen«, sagte das kleine Hirtenmädchen. »Es geht nicht.«

»Das ist ja furchtbar«, sagte der kleine König. »Ich habe schon das Mittagessen gekocht und die Teller und Töpfe gewaschen und einen kunstvollen Kissenbezug gestickt für Tante Martha und eine warme Wolldecke gehäkelt für Onkel Julius und den Fußboden gescheuert und die Fenster geputzt, und jetzt müßte ich nur noch ein Kind kriegen, dann wäre alles gerecht.«

»Nein«, sagte das kleine Hirtenmädchen, »es geht aus bestimmten Gründen wirklich nicht. Aber vielleicht kann ich dir helfen.«

»Könntest du, kleines Hirtenmädchen?« sagte der kleine König. »Ich würde dir sehr dankbar sein, wenn du mir helfen könntest, ein Kind zu kriegen, und ich würde dich mitnehmen auf mein Schloß, und deine Kuh und deine Ziege auch.«

»Das ist doch sehr einfach«, sagte das kleine Hirtenmädchen. »Du mußt mich nur richtig liebhaben, und dann schenk ich dir eins.«

»So einfach ist das?« sagte der kleine König und strahlte übers ganze Gesicht.

»Ja«, sagte das kleine Hirtenmädchen, »so einfach ist es.«

Gesagt, getan, und der kleine König kriegte sein Kind, und es hatte Locken wie das kleine Hirtenmädchen und ebenso große dunkle Augen, aber es war seines. Und da er wirklich ein dankbarer kleiner König war, nahm er zusammen mit seinem Kind auch das kleine Hirtenmädchen und die Kuh und die Ziege mit auf sein Schloß, und zum Frühstück gab es von da an neben seinem Süppchen und dem Kaffee auch ein Stück Brot und Käse für ihn und ein Töpfchen warme Milch.

Frau Adelheid aber gründete einen Verein, und wenn sie nicht gestorben ist, redet sie noch heute.

Wie es mit Rotkäppchen weiterging

Jeder weiß, wie die Sache mit Rotkäppchen und dem Wolf ausgegangen ist: Der Jäger schnitt dem Wolf mit der Schere den Bauch auf, und Rotkäppchen und die Großmutter kamen herausgekrochen, und dafür legten sie dem Wolf Steine in den Bauch, so daß der nicht fortspringen konnte, wie er aufwachte, und niedersank und sich totfiel; die Großmutter aber verspeiste den Kuchen und trank den Wein, welchen das Rotkäppchen in seinem Körbchen gebracht hatte, und der Jäger und die Großmutter und das Rotkäppchen waren alle drei vergnügt.

Wie aber ist es weitergegangen? Das ist die Frage, denn man muß doch bedenken, eine Viertelstunde im Bauch von einem Wolf, oder war es gar eine halbe, das ist doch mehr, als du und ich erlebt haben und die meisten von uns. Das Rotkäppchen kehrte also zurück nach Haus zu seiner Mutter und erzählte, was ihm widerfahren war, und die Mutter schlug die Hände zusammen über ihrem Kopf und rief nach den Nachbarn, und das ganze Dorf, alt und jung, lief alsbald herbei, und das Rotkäppchen mußte noch einmal von vorne berichten, wie es dem Wolf begegnet war im Walde und wie es Blumen gepflückt habe auf Anraten des Wolfes und daher verspätet kam zur Großmutter, und wie die Großmutter so komisch aussah, mit großen Ohren und Augen und Händen und einem entsetzlich großen Maul, und wie das Rotkäppchen sich erkundigte wegen der plötzlichen Veränderung, und was die Großmutter darauf antwortete, nämlich daß sie die großen Ohren hätte zum besseren Hören und die großen Augen zum besseren Sehen und die großen Hände zum besseren Greifen und das entsetzlich große Maul, »damit ich dich besser fressen kann«.

Da erschraken die Leute und sagten: »Wie grauslich!« und: »Du armes Kind!« und: »Nicht möglich!« Aber der Jäger, der das Rotkäppchen aus dem Bauch vom Wolf herausgeschnitten hatte, bezeugte alles, und die Großmutter, die ja mit im Bauch von dem Wolf gewesen war, erklärte, daß das Rotkäppchen die reine Wahrheit sprach und auch nicht das kleinste bißchen übertrieb.

Unter diesen Umständen wurde das Rotkäppchen sehr bald zum bekanntesten Rotkäppchen im Lande, und von überallher kamen die Leute angereist und wollten es sehen, sogar aus der Hauptstadt, und sie wollten hören, wie das Rotkäppchen die Geschichte erzählte, und viele stellten Fragen, die das Rotkäppchen alle geduldig beantwortete, zum Beispiel wollten sie wissen, wie es denn gewesen wäre in dem Bauch vom Wolf.

»Eng und dunkel«, sagte das Rotkäppchen, »und auch ein bißchen glitschig.«

Ja, wollten die Leute wissen, ob es denn gar keine Angst gehabt habe?

»Das schon«, sagte das Rotkäppchen, »aber die Großmutter war ja bei mir.«

Aber wenn es dunkel war in dem Bauch von dem Wolf, wollten die Leute wissen, wie konnte das Rotkäppchen da sehen, daß es seine Großmutter war, die mit ihm in dem Bauch steckte?

»Meine Großmutter«, antwortete da das Rotkäppchen, »erkenne ich sogar im Dunkeln.«

Aber wenn das Rotkäppchen seine Großmutter sogar im Dunkeln erkennen konnte, wollten die Leute wissen, wieso habe es da den Wolf im Bett mit der Großmutter verwechselt?

Da lachte das Rotkäppchen hell heraus und sagte, es habe ja auch gleich gemerkt, daß etwas nicht stimmte; hätte es sonst vielleicht nachgefragt wegen der großen Ohren und der großen Augen und der großen Hände und wegen des entsetzlich großen Mauls?

Die Leute staunten: Das war mal eine gescheite Antwort!

Und das Rotkäppchen wurde so berühmt, daß sogar ein richtiger Dichter kam aus der Hauptstadt und über es schreiben wollte, und die Leute sagten, wenn es so weiterginge mit Rotkäppchen, werde es hoch hinaus gehen mit ihm, und der Felix von nebenan, mit dem das Rotkäppchen bis dahin immer gespielt hatte, wurde ganz traurig, denn das Rotkäppchen schenkte ihm überhaupt keine Beachtung mehr und sah ihn auch nicht an.

Aber wie das so ist im Leben, auch die größte Berühmtheit verblaßt allmählich, sogar wenn einer eine Viertelstunde im Bauch vom Wolf gesteckt hat, oder war es eine halbe, und wenn das Rotkäppchen die Geschichte wieder erzählen wollte, sagten die Leute: »Das kennen wir nun schon« und: »Dankeschön.«

Da wurde das Rotkäppchen ganz traurig und maulte im Hause herum, bis die Mutter es satt hatte und zu ihm sagte: »Weißt du, Rotkäppchen, du könntest auch mal was tun, statt hier im Haus zu sitzen und zu warten, bis jemand kommt, dem du deine Geschichte erzählen kannst und der dich bestaunt. Ich habe einen Kuchen gebacken und eine Flasche Wein gekauft, die tue ich in ein Körbchen, und du kannst sie zur Großmutter im Walde tragen, denn es geht ihr wieder mal nicht gut.«

Erst wollte das Rotkäppchen nein sagen, denn es dachte, es sei zu berühmt, um Kuchen und Wein zur Großmutter oder zu irgendeinem zu tragen, aber dann besann es sich, daß es ja noch mehr Wölfe gab im Wald als den, dem der Jäger den Bauch aufgeschnitten hatte, und es sagte zu seiner Mutter: »Ei ja, gib mir nur den Korb, und ich will schon sehen, daß die Großmutter alles richtig bekommt.« Und damit setzte es sich sein Käppchen aus rotem Sammet auf, das die Großmutter ihm geschenkt hatte und mit dem es so hübsch aussah, und trabte los.

Im Wald begegnete das Rotkäppchen allen möglichen Tieren, Igeln und Hasen und Blindschleichen und Marienkäferchen und sogar einem Frosch, der an einem Bach saß, aber keinem Wolf, und es dachte: Das wird sein, weil der Wolf die Großmutter vielleicht schon gefressen hat, und ich muß mich sputen, daß ich nicht zu spät komme und er seinen Appetit nicht schon verloren hat. Darum nahm es sich auch keine Zeit, noch Blumen für die Großmutter zu pflücken, und kam ganz atemlos an beim Häuschen der Großmutter und trat ein und lief zum Bett und wollte schon zu fragen anfangen: »Ei, Großmutter, was hast du für große Ohren?«, aber da sah es, daß die Großmutter ganz normale Ohren und Augen und Hände hatte und gar kein besonders großes Maul, und da stiegen ihm die Tränen in die Augen, und es weinte bitterlich.

»Warum weinst du, Rotkäppchen?« fragte die Großmutter. »Hast du Schwierigkeiten gehabt mit dem bösen Wolf?«

»Überhaupt nicht«, schluchzte das Rotkäppchen, »das ist es ja gerade. Und wie ich hereingekommen bin in dein Häuschen, habe ich gehofft, daß er wenigstens schon in deinem Bett läge, so daß ich ihn fragen könnte wegen der großen Ohren und Augen und Hände und wegen seines entsetzlich großen Mauls, aber damit ist es nun auch nichts.«

»Gott sei Dank«, sagte die Großmutter und biß in den Kuchen, den das Rotkäppchen gebracht hatte, »denn es war doch recht eng und dunkel in dem Bauch und auch ein bißchen glitschig.«

Da stampfte das Rotkäppchen mit dem Fuß auf und sagte: »Der Wolf muß wieder her!«

»Das wird wohl nicht gehen«, sagte die Großmutter und trank von dem Wein, den das Rotkäppchen gebracht hatte. »Du vergißt, daß der Jäger ihm den Bauch aufgeschnitten hat und daß wir ihm Steine hineingelegt haben, so daß er nicht fortspringen konnte, wie er aufwachte, und niedersank und sich totfiel.«

»Dann hole ich eben einen anderen!« rief das Rotkäppchen und verlegte sich aufs Bitten. »Liebste Omi, beste Omi, ich hol einen andern Wolf, und du läßt dich fressen, und ich laß mich fressen, und dann kommt der Jäger und schneidet dem Wolf den Bauch auf, und wir kriechen wieder heraus, und ich werde noch berühmter sein als vorher, denn zweimal hintereinander im Bauch von einem Wolf, das hat es überhaupt noch nicht gegeben.«

»Danke«, sagte die Großmutter und wischte sich den Mund ab nach dem guten Essen, »mir hat einmal genügt. Und nun nimm dein Körbchen, Rotkäppchen, und troll dich und sag deiner Mutter, ich ließe mich schön bedanken für den guten Kuchen und den süßen Wein, und sie soll dir die Flausen aus dem Kopf jagen.«

Da ging das Rotkäppchen weg von seiner Großmutter und lief durch den Wald, und weil es so traurig war und die ganze Zeit hätte weinen mögen, kam es wieder vom Weg ab wie damals, als es die Blumen pflückte für seine Großmutter, und begegnete tatsächlich einem Wolf, der aber noch sehr jung war und ein bißchen tapsig und sofort Anstalten machte wegzulaufen, als er das Käppchen aus rotem Sammet sah. Aber das Rotkäppchen lief ihm hinterher und hatte ihn bald eingeholt und sagte: »Bleib doch mal stehen endlich! Ich habe mit dir zu reden!«

»Du bist doch das Rotkäppchen?« sagte der junge Wolf. Und als das Rotkäppchen freudig nickte, weil es dachte: wie berühmt bin ich doch, daß sogar die Wölfe im Wald mich kennen, sagte der junge Wolf: »Ich bin der Sohn vom alten Wolf, damit du's weißt, und ich will nichts mit dir zu tun haben, Rotkäppchen, denn schon meinem Vater ist die Bekanntschaft mit dir schlecht bekommen.«

»Aber da hast du eine völlig falsche Auffassung von mir«, sagte das Rotkäppchen. »Eben habe ich mit meiner Großmutter geredet, und sie hat auch gesagt, wie schön eng und dunkel es im Bauch von deinem Vater war, und auch ein bißchen glitschig.«

»Was willst du also von mir?« sagte der junge Wolf.

»Das ist doch sehr einfach«, sagte das Rotkäppchen. »Komm, ich führ dich zum Haus der Großmutter, und ich klopfe dort an die Tür, und wenn die Großmutter die Tür aufmacht, gehst du hinein und verschlingst sie. Sie ist zwar schon in den Jahren und manchmal nicht ganz gesund, so daß ich ihr Kuchen bringen muß und eine Flasche Wein, aber sicher ist sie dafür sehr mürbe.«

»Und weiter?« fragte der junge Wolf.

»Dann legst du dich ins Bett und setzt dir die Haube auf von der Großmutter, und dann komme ich und frage dich, warum du so große Ohren und Augen und Hände hast und so ein entsetzlich großes Maul, und dann sagst du: ›Damit ich dich besser fressen kann‹, und dann frißt du mich.«

»Und dann kommt der Jäger«, sagte der Wolf, »und schneidet mir mit der Schere den Bauch auf. Das ist schon meinem Vater, dem alten Wolf, schlecht bekommen.«

»Aber du siehst das ganz falsch«, sagte das Rotkäppchen und verlegte sich aufs Bitten. »Liebster Wolf, bester Wolf, auch wenn der Jäger kommt und dir den Bauch aufschneidet und wir dann Steine hineintun, damit du nicht fortspringen kannst, wenn du aufwachst, und niedersinkst und dich totfällst – bedenke doch, wie berühmt wir beide sein werden, denn zweimal hintereinander im Bauch von einem Wolf, das hat es überhaupt noch nicht gegeben.«

»Danke«, sagte der junge Wolf und zog sich vorsichtig zurück, »ein berühmter Wolf in der Familie genügt. Und nun nimm dein Körbchen, Rotkäppchen, und troll dich und sag deiner Mutter, sie soll dir die Flausen aus dem Kopf jagen und dich lieber im Haus behalten, denn du bist eine Gefahr für die Umwelt.«

So mußte das Rotkäppchen denn ungefressen nach Hause gehen, und als es ins Dorf kam, trat der Felix von nebenan gerade auf die Straße und staunte, weil das Rotkäppchen ihn plötzlich wieder ansah und ihm Beachtung schenkte, und er faßte sich ein Herz und fragte, ob das Rotkäppchen vielleicht auch wieder mit ihm spielen wollte.

»Ach du«, sagte das Rotkäppchen, »du spielst auch immer dasselbe, Haschmich und Kreuzhüpf und Bäumchenverwechseln.«

Nein, sagte der Felix von nebenan, er hätte wohl ein neues Spiel, das sehr lustig wäre.

»Und wie heißt dein neues Spiel?« wollte das Rotkäppchen wissen.

»Mein neues Spiel heißt Rotkäppchen und der Wolf«, sagte der Felix von nebenan.

Da war das Rotkäppchen wieder vergnügt, denn es dachte: wenn ein neues Spiel nach einem benannt wird, ist das der Höhepunkt der Berühmtheit, und es wollte wissen, wie man das Spiel spielt.

»Ganz einfach«, sagte der Felix von nebenan, »du bist das Rotkäppchen, und ich bin der Wolf, und ich freß dich.«

»Aber«, sagte das Rotkäppchen, »dann müssen wir dir auch den Bauch aufschneiden, damit ich wieder herauskann.«

»Nein«, sagte der Felix von nebenan, »denn ich freß dich ja aus Liebe. Und wenn einer aus Liebe gefressen wird, der bleibt drin.«

Clown Theobald

Neben dem großen Zelt in dem großen Zirkus vor der großen Stadt saß der große Clown Theobald mit seinem kleinen Hund Cäsar und seufzte.

»Warum seufzt du, Clown Theobald?« sagte der Hund Cäsar und schaute seinen Herrn von unten her an, denn er war wirklich ein sehr kleiner Hund.

»Wenn einer seufzt, dann drückt ihn was«, sagte der Clown Theobald. »Ich werde schon meine Gründe haben.«

»Ich wüßte nicht, was dich drücken sollte«, sagte der Hund Cäsar. »Du bist der große Clown Theobald, und alle Zeitungen schreiben über dich, und wenn du in die Manege kommst, freuen sich alle Kinder und lachen schon im voraus.«

»Aber keiner will mich ernstnehmen«, sagte der große Clown Theobald, »und das ist das Traurige. Selbst das schöne Fräulein Violetta, das hoch oben auf dem Trapez steht und durch die Luft segelt, daß den Leuten der Atem stockt, schenkt mir keine Beachtung.«

»Warum willst du überhaupt ernstgenommen werden?« fragte der kleine Hund Cäsar. »Sieh mich an, ich springe in die Luft auf allen vieren und überkugle mich, und das ist das Richtige.«

»Ach, kleiner Hund Cäsar«, sagte der große Clown Theobald, »davon verstehst du leider nichts.« Und er seufzte so recht aus tiefstem Herzen und stand auf und ging hinein in die Manege, denn der Zirkusdirektor hatte bereits mit der Peitsche geknallt, und der kleine Hund Cäsar sprang ihm nach.

»Da kommt ja der große Clown Theobald!« sagten die Leute, wie sie ihn sahen mit seinen viel zu großen Clownslatschen und seiner viel zu großen Clownshose und dem viel zu großen Clownskragen, der immer aufging und ihm um die Ohren schlug, und alle Kinder lachten schon im voraus. Und keiner bemerkte, daß der große Clown Theobald ganz traurige Augen hatte, aber das konnte man auch schlecht sehen, denn seine Augen waren weiß ummalt, und seine Nase war rot und leuchtete wie eine Glühbirne, und seine Lippen waren wie aus Gummi und dreimal so groß wie bei dir und mir. Selbst das schöne Fräulein Violetta oben auf ihrem Trapez bemerkte es nicht, aber das kam daher, daß sie viel zu hoch stand.

Der Zirkusdirektor knallte zum zweiten Mal mit der Peitsche, und der große Clown Theobald begann zu tanzen. Er wollte so recht schön mit Gefühl tanzen, um auszudrücken, wie ihm zumute war, aber da kamen die Männer, die den langen roten Teppich aufrollten, und er stolperte über seine großen Clownslatschen und schlug der Länge lang hin, so daß er aufhören mußte zu tanzen und der ganze Zirkus lachte. Der große Clown Theobald rappelte sich auf, und nun begann er zu singen. Er wollte so recht schön mit Gefühl singen, um auszudrücken, wie ihm zumute war, aber jetzt ging ihm sein großer Clownskragen auf und schlug ihm um die Ohren, so daß er aufhören mußte zu singen und der ganze Zirkus wieder lachte. Da hob der große Clown Theobald die Arme und rief: »Hört auf! Hört auf zu lachen! Ich möchte auch einmal ernstgenommen werden!« Aber jetzt platzte sein Hosenträger, und seine Clownshose rutschte herunter, so daß er dastand in knallgrünen Unterhosen, und der kleine Hund Cäsar sprang in die Luft auf allen vieren und überkugelte sich, und der ganze Zirkus lachte so laut, daß der Hauptmast zu wackeln anfing und das schöne Fräulein Violetta hoch oben auf ihrem Trapez ins Schwingen geriet. Da füllten sich die weiß ummalten Augen des großen Clowns Theobald mit Tränen, und seine rote Nase hörte auf zu glühen, und seine Lippen, die wie aus Gummi waren und dreimal so groß wie bei dir und mir, verzogen sich, und er drehte sich still um und ging hinaus aus der Manege, und der kleine Hund Cäsar sprang ihm nach.

Er ging hin zu der Elefantenkuh Elvira, die mit dem Rüssel »Komm, lieber Mai, und mache« trompeten konnte, während sie oben auf einer großen Trommel balancierte, und schenkte ihrem kleinen Sohn, der Rupert hieß, eine Banane und klagte ihr sein Leid. »Wie kommt es«, fragte er, »daß man dich ernstnimmt, obwohl du doch nur eine Elefantenkuh bist und kein Mensch und schon gar nicht ein großer Clown wie ich?«

»Das kommt daher«, sagte die Elefantenkuh Elvira und gab ihrem kleinen Sohn Rupert eins mit dem Rüssel hinter die Ohren, weil der dem großen Clown Theobald auf die viel zu großen Clownslatschen getreten war, »das kommt daher, daß ich etwas gelernt habe im Leben. Früher bin ich in der Wildnis herumgetapst und habe Bananenstauden abgerissen oder Zuckerrohr und manchmal auch eine große dicke Kokosnuß, aber jetzt kann ich mit dem Rüssel ›Komm, lieber Mai, und mache‹ trompeten, während ich oben auf einer großen Trommel balanciere, und das ist gewiß eine Errungenschaft.«

»Ja«, sagte der große Clown Theobald, »an Errungenschaften fehlt es mir, außer daß sich alle Kinder über mich freuen und schon im voraus lachen, wenn ich in die Manege komme.«

»Das zählt leider nicht«, sagte die Elefantenkuh Elvira. »Schade, daß du keinen Rüssel hast, sonst könntest du vielleicht auch lernen, ›Komm, lieber Mai, und mache‹ zu trompeten, während du oben auf einer Trommel balancierst, und dann würdest du auch ernstgenommen werden.«

Dem großen Clown Theobald leuchtete ein, was ihm die Elefantenkuh Elvira gesagt hatte, aber er wollte doch lieber noch jemand anders befragen, denn man soll genau wissen, was man tut, bevor man sich in Unkosten stürzt. Also ging er hin zu der Tigerkatze Rita, die durch zehn Reifen hindurchspringen konnte, von denen drei sogar lichterloh brannten, und schenkte ihrem kleinen Sohn, der Maximilian hieß, eine gebratene Boulette und klagte ihr sein Leid. »Wie kommt es«, fragte er, »daß man dich ernstnimmt, obwohl du doch nur eine Tigerkatze bist und kein Mensch und schon gar nicht ein großer Clown wie ich?«

»Das kommt daher«, sagte die Tigerkatze Rita und gab ihrem kleinen Sohn Maximilian eins mit der Tatze hinter die Ohren, weil der sich in die viel zu großen Clownshosen verkrallt hatte, »das kommt daher, daß ich etwas gelernt habe im Leben. Früher bin ich in der Wildnis herumgeschlichen und habe mir einen Springhasen geholt oder ein Warzenschwein und manchmal auch ein großes dikkes Gnu, aber jetzt kann ich durch zehn Reifen hindurchspringen, von denen drei sogar lichterloh brennen, und das ist gewiß eine Errungenschaft.«

»Ja«, sagte der große Clown Theobald, »an Errungenschaften fehlt es mir, außer daß sich alle Kinder über mich freuen und schon im voraus lachen, wenn ich in die Manege komme.«

»Das zählt leider nicht«, sagte die Tigerkatze Rita. »Schade, daß du keine starken Hinterbeine hast, sonst könntest du vielleicht auch lernen, durch zehn Reifen hindurchzuspringen, von denen drei sogar lichterloh brennen, und dann würdest du auch ernstgenommen werden.«

Dem großen Clown Theobald leuchtete ein, was ihm die Tigerkatze Rita gesagt hatte, und da ihr Ratschlag so ziemlich der gleiche war wie der, den er von der Elefantenkuh Elvira erhalten hatte, meinte er, sie hätten wohl beide recht, denn wenn zwei das Gleiche sagen, dann hat es schon Gewicht. Also ging er hin zu dem schönen Fräulein Violetta, das hoch oben auf dem Trapez stand, und grüßte höflich hinauf zu ihr und fragte: »Schönes Fräulein Violetta, was ist die größte Errungenschaft?«

»Die größte Errungenschaft?« sagte das schöne Fräulein Violetta. »Du meinst, die allerallergrößte?«

»Ja«, sagte der große Clown Theobald, »die meine ich.«

»Die allerallergrößte Errungenschaft«, sagte das schöne Fräulein Violetta, »das ist, wenn einer oben auf dem Trapez steht und dann sich abstößt und durch die Luft segelt, daß den Leuten der Atem stockt, und doch dabei nicht in die Tiefe stürzt.«

»Da hast du recht, schönes Fräulein Violetta«, sagte der große Clown Theobald, »und vielen Dank für die Auskunft.«

Aber der kleine Hund Cäsar, der dem großen Clown Theobald nachgesprungen war, sagte: »Warum willst du überhaupt ernstgenommen werden? Sieh mich an, ich springe in die Luft auf allen vieren und überkugle mich, und das ist das Richtige.«

»Nein«, sagte der große Clown Theobald, »das Richtige ist, wenn man durch die Luft segelt, daß den Leuten der Atem stockt, und morgen erringe ich mir eine Errungenschaft, damit ich endlich auch ernstgenommen werde.«

Da wurde der kleine Hund Cäsar ganz traurig, denn er wußte, daß er nicht zählte gegen eine Elefantenkuh, die »Komm, lieber Mai, und mache« mit dem Rüssel trompeten konnte, während sie oben auf einer großen Trommel balancierte, und gegen eine Tigerkatze, die durch zehn Reifen hindurchspringen konnte, von denen drei sogar lichterloh brannten, und gegen das schöne Fräulein Violetta.

Am nächsten Tag aber, als der Zirkusdirektor mit der Peitsche knallte, kam der große Clown Theobald in die Manege wie sonst auch, und die Kinder freuten sich und lachten schon im voraus. Wie der Zirkusdirektor aber das zweite Mal mit der Peitsche knallte, begann der große Clown Theobald nicht zu tanzen wie an anderen Tagen, und er sang auch nicht, sondern er ging schnurstracks hin zu der langen Strickleiter und kletterte hinauf, höher und immer höher, bis ihm ganz schwindlig wurde und er kaum noch Luft bekam, und dann stand er oben, wo die Trapezkünstler immer stehen, bevor sie durch die Luft segeln, daß den Leuten der Atem stockt.

Ach, wie sah die Welt da so ganz anders aus! Der große Clown Theobald blickte hinab in die Tiefe, und da war der kleine Hund Cäsar, der ihm nachgesprungen war in die Manege, und war nicht größer als ein kleiner weißer Punkt, der mit dem Schwanz wedelt, und der Zirkusdirektor war ein kleiner schwarzer Punkt, der mit der Peitsche knallt, und die Kinder im Zirkus waren lauter kleine bunte Punkte, aber sie lachten nun nicht mehr, sondern reckten die Hälse und staunten. Wie er aber den Kopf hob, erblickte er sich gegenüber auf ihrem Trapez das schöne Fräulein Violetta, das den Arm nach ihm ausstreckte, denn sie hatte ihm ja gesagt, was die allerallergrößte Errungenschaft war, und auf einmal wurde alles ganz still um ihn, und der Kapellmeister unten in der Manege ließ einen Trommelwirbel schlagen, und der große Clown Theobald wußte, daß ihn alle endlich ernstnahmen, und nun mußte er springen.

Da!

Da segelte er durch die Luft, daß den Leuten der Atem stockte, aber plötzlich merkte er, daß der kleine weiße Punkt unten, der mit dem Schwanz wedelte, immer größer wurde, und auch der kleine schwarze Punkt, der mit der Peitsche knallte, und ebenso die vielen kleinen bunten Punkte, und er spürte, daß er in die Tiefe stürzte, obwohl er mit seinen großen Clownslatschen ruderte, was er konnte, und er dachte: Das ist aber schön, daß mich alle wenigstens einmal ernstgenommen haben, bevor es aus ist. Doch da kam von der anderen Seite her das schöne Fräulein Violetta geflogen und war so schön wie noch nie und lächelte ihm zu und streckte den Arm aus nach ihm und griff ihn bei den Händen und zog ihn zu sich auf ihr Trapez, und dann knickste sie recht artig für das Publikum. Der große Clown Theobald aber stand neben ihr in seinen viel zu großen Clownslatschen und seiner viel zu großen Clownshose und seinem viel zu großen Clownskragen, und das Herz schlug ihm so heftig, daß er glaubte, der ganze Zirkus müsse es hören. Jedenfalls hörte es das Fräulein Violetta, denn sie neigte sich ihm zu und flüsterte: »Wie kann man nur so dumm sein und nicht merken, wenn einer einem Beachtung schenkt«, und die Kinder freuten sich und lachten, und alle Leute im Zirkus klatschten Beifall.

Erich Hückniesel und die Fußballfee

Es ist noch gar nicht so lange her, da lebte in unserer Stadt ein junger Mann, der hieß Erich Hückniesel und war von Beruf Schneider. Die ganze Woche über saß er mit gekreuzten Beinen auf dem Tisch und nähte Hosen, am Samstagnachmittag aber trainierte er auf dem Fußballfeld, und am Sonntag spielte er für Eintracht 07. Das heißt, um der Wahrheit die Ehre zu geben, er spielte nicht, sondern er war nur immer Ersatzmann; denn da er die ganze Woche über mit gekreuzten Beinen auf dem Tisch saß und Hosen nähte, hatte er Beine wie geknickte Streichhölzer, und sein Brustkorb war flach und sein Rücken gekrümmt, so daß die Leute ihn den krummen Erich hießen und lachten, wenn er aufs Spielfeld kam, und der Vereinstrainer ihn vertrösten mußte: »Nächstes Mal, Erich, nächstes Mal lasse ich dich vielleicht aufs Feld, aber heute bist du nicht in Kondition.« Der arme Erich Hückniesel aber wurde immer blasser und stiller und seine Nase immer spitzer, und wenn seine Frau Liesbeth ihn fragte: »Was ist denn nur los mit dir, Erich?«, dann sagte er: »Ach, wenn ich doch nur einmal hören könnte, wie die Leute rufen:

›Hückniesel vor!
Noch ein Tor!‹

aber statt dessen heißen sie mich den krummen Erich und lachen über mich, und ich komme nicht einmal ins Spiel.«

Das hörte eine gute Fee, die für Fußballer zuständig war, und am nächsten Sonntag, zwei Stunden vor dem Spiel Eintracht 07 gegen 1. FC Roßmannsdorf, stand sie plötzlich in der guten Stube bei Hückniesels und sagte: »Erich, ich bin gekommen, dir zu helfen.«

»Nanu«, sagte Erich Hückniesel, »wie sind Sie denn ins Zimmer gekommen, Frau Wosniakowsky, wo es doch nicht geklingelt hat und meine Frau gar nicht an der Wohnungstür war und ich auch nicht?«

»Darüber zerbrich dir mal nicht den Kopf, Erich«, sagte die Fee. »Außerdem bin ich nicht Frau Wosniakowsky, ich bin die Fußballfee, und ich bin gekommen, dir zu helfen.«

»Fußballfee!« sagte Erich Hückniesel. »Sie sehen aber haargenau aus wie die Frau Wosniakowsky, die den Zeitungsstand hat an der Ecke und bei welcher ich immer die Fußballzeitung kaufe mit dem Toto drin, und mir kann sowieso keiner helfen außer dem Trainer, und der will nicht.«

»Doch«, sagte die Fußballfee, »ich kann.«

»Da bin ich aber neugierig«, sagte Erich Hückniesel, »wie das geschehen soll.«

»Ich gebe dir einen goldenen Fuß«, sagte die Fußballfee.

»Einen goldenen Fuß!« sagte Erich Hückniesel. »Und was wird meine Frau dazu sagen, wenn ich mit einem goldenen Fuß am Bein neben ihr im Bett liege?«

»Sie muß es ja nicht wissen«, sagte die Fußballfee. »Sag ihr einfach, du hast kalte Füße, und behalte die Socken an im Bett.«

»Ja«, sagte Erich Hückniesel, »das ließe sich eventuell machen.«

»Aber es hängt eine Bedingung daran«, sagte die Fußballfee. »Du darfst kein Geld nehmen. Pokale und Kränze und Medaillen und Ehrenbriefe ja, aber kein Geld, sonst ist der goldene Fuß ab und alles wieder wie zuvor. Klar?«

»Klar«, sagte Erich Hückniesel, und bevor er wußte, wie ihm geschah, bückte sich die Fußballfee und berührte mit ihrem kleinen Finger seinen rechten Fuß, und er spürte ein gar merkwürdiges Kribbeln und Krabbeln darin, und ein Ziepen und Ziehen, und dann war er auf einmal allein, und seine Frau Liesbeth stand in der Tür und fragte: »Mit wem hast du denn geredet?«

Erich Hückniesel lüpfte seine Socke ein wenig vom Fuß und lugte verstohlen und sah, daß er tatsächlich einen goldenen Fuß hatte, und sagte: »Mit der Frau Wosniakowsky, die den Zeitungsstand hat an der Ecke und bei welcher ich immer die Fußballzeitung kaufe mit dem Toto drin.«

»Ach«, sagte seine Frau Liesbeth, »was hat die Alte denn gewollt?«

»Sie hat mir geraten, die Socken anzubehalten im Bett, sollte ich kalte Füße haben«, sagte Erich Hückniesel, »und von jetzt an werde ich alle Spiele gewinnen.«

»Hör dir den Mann an!« sagte seine Frau Liesbeth. »Einen krummen Rücken hat er und einen flachen Brustkorb und Beine wie geknickte Streichhölzer, aber von jetzt an will er alle Spiele gewinnen. Du bist ja verrückt, Erich.« Und dann machte sie sich fertig und zog ihren alten häßlichen Übergangsmantel an, denn es wurde doch schon empfindlich kühl, sobald die Sonne weg war, und setzte sich ans Steuer des alten klapprigen Autos, das Erich Hückniesel gebraucht gekauft hatte, und fuhr mit ihrem Mann zum Fußballplatz.

Das Spiel Eintracht 07 gegen 1. FC Roßmannsdorf verlief aber sehr schlecht für Eintracht. Bei der Halbzeit stand es schon 4 : 0 gegen Eintracht und in der 81. Spielminute, mit nur noch neun Minuten zu spielen, gar 7 : 0, und der Trainer machte ein Gesicht, als hätte er Essig auf der Zunge.

Da faßte Erich Hückniesel sich ein Herz und ging hin zu ihm und sagte: »Laß mich aufs Feld, ich schaff's bestimmt noch, denn ich habe einen goldenen Fuß.«

»Einen goldenen Fuß?« sagte der Trainer. »Einen krummen Rükken hast du und einen flachen Brustkorb und Beine wie geknickte Streichhölzer, aber das Spiel ist sowieso nicht mehr zu retten, also geh meinetwegen«, und in der 83. Spielminute tauschte er den Libero Konrad Stötzner aus gegen Erich Hückniesel, und die Leute riefen: »Da kommt ja der krumme Erich!« und lachten, aber da rollte der Ball wie zufällig Erich Hückniesel vor den goldenen Fuß, und er trat ihn aus dem Mittelfeld heraus direkt in die obere linke Ecke des Roßmannsdorfer Tors, und die Leute waren auf einmal ganz still, und der Schiedsrichter sagte: »Das darf doch nicht wahr sein«, aber es war das erste Tor in dem Spiel für Eintracht 07.

Und nun ging es Schlag auf Schlag. In den nächsten sechs Minuten war Erich Hückniesel überall auf dem Feld, vorn und hinten und rechts und links, und er schoß die abenteuerlichsten Bälle, sogar solche, die mitten in der Luft einen Knick machten, und die Leute wurden immer erregter und tobten richtig vor Begeisterung und riefen:

»Hückniesel vor!
Noch ein Tor!«,

und in der 89. Spielminute trat Hückniesel direkt aus der Ecke heraus einen gekurvten Ball, der unhaltbar für den gegnerischen Torwart ins Netz ging und den Ausgleich brachte, und das 8 : 7 für Eintracht, das Siegestor, kam genau zehn Sekunden vor dem Abpfiff, natürlich auch von Hückniesel.

Kann man sich einen glücklicheren Menschen vorstellen als unseren Erich? Seine Klubkameraden und die Fans trugen ihn auf den Schultern, und wehe, wenn einer ihn noch den krummen Erich zu nennen wagte, und er bekam einen Ehrenbrief, darauf stand: *Dem Retter von Eintracht 07*; nur seine Frau Liesbeth wunderte sich, warum er immer in Socken neben ihr im Bett schlief, denn wer solche Wunder auf dem Fußballfeld vollbrachte, konnte doch wohl nicht gut an kalten Füßen leiden. Während der Woche aber saß Erich Hückniesel weiter mit gekreuzten Beinen auf dem Tisch und nähte Hosen, und wenn er zu dem Zeitungsstand an der Ecke ging, um seine Fußballzeitung zu kaufen, blinzelte er der Frau Wosniakowsky so recht vertraulich zu, die aber schien das nicht zu bemerken und sagte nur: »Sind Sie das da auf der Vorderseite der Zeitung, Herr Hückniesel?«

Am nächsten Sonntag, gegen Fortuna Priesewitz, war Hückniesel von Anfang an dabei, und Fortuna ging auf eine Art unter, wie es die Leute noch nie gesehen hatten: Von 26 Toren gegen das unglückliche Fortuna schoß Hückniesel 25; das 26., als eine Art Ehrentor, überließ er Konrad Stötzner. Es war klar, daß ein solcher Spieler zu groß war für einen mittleren Provinzverein wie Eintracht 07, und in Anbetracht einer Summe, wie sie der Klubvorsitzende von Eintracht noch nie auf einem Haufen gesehen hatte, wechselte Erich Hückniesel über zu SV Aufwärts, und von da, für eine noch größere Summe in die Vereinskasse, zu VfB Grünweiß, dem Tabellenzweiten der Spitzenliga, den er mit zwei haushoch gewonnenen Spielen alsbald in die Spitzenposition brachte.

Und wenn die Herren von den Vereinen ihn fragten: »Nun, Hückniesel, wieviel möchten Sie denn nun haben?« und die Geschäftsleute, die mit seinem Namen Reklame machten für ihre Waren, von ihm wissen wollten: »Nun, Hückniesel, wie wär's denn mit ein paar Tausendern?«, erklärte er bescheiden, nein, danke, er wolle nichts, und das sagte er auch dem Besitzer der Fabrik, wo die T-Shirts hergestellt wurden mit seinem Bild drauf und der Inschrift:

»Hückniesel vor!
Noch ein Tor!«

»Und Sie wollen wirklich nichts, Hückniesel?« fragten die Herren ungläubig. »Wirklich ganz und gar nichts?«

»Ich bin doch Schneider«, antwortete Erich Hückniesel dann wohl. »Ich sitze die Woche über mit gekreuzten Beinen auf meinem Tisch und nähe Hosen, und außerdem habe ich meinen goldenen Fuß.«

»Ja, richtig und wahrhaftig«, lachten da die Herren. »Er hat einen goldenen Fuß, was braucht er da unser Geld.«

Frau Liesbeth aber war gar nicht dieser Meinung. Sie sagte vielmehr zu ihrem Mann: »Bist du verrückt, Erich? Wir wohnen noch immer in unsrer alten kleinen Wohnung und fahren in unserm alten klapprigen Auto, und ich trag immer noch meinen alten häßlichen Übergangsmantel, während die Vereine, für die du spielst, immer reicher werden und die Geschäftsleute, die mit deinem Namen Reklame machen für ihre Waren, das Geld nur so scheffeln. Die Leute lachen schon über uns und sagen: Mit dem ist doch was nicht richtig.«

»Aber sieh doch, liebe Frau«, sagte Erich Hückniesel, »die vielen schönen Pokale und Kränze und Medaillen auf dem Brett an der Wand, das ich angebracht habe, und die vielen schönen Ehrenbriefe auf der Tapete an der Wand, die ich angeklebt habe. Bedeutet das etwa nichts?«

»Aber was kann ich mir dafür kaufen?« fragte Liesbeth. »Also entweder du bringst das große Geld ins Haus, und zwar bald, oder ich sag dir Adieu, Erich, und du siehst mich nie wieder.«

Da wußte der arme Erich Hückniesel überhaupt nicht, was er tun sollte, und da seine Frau Liesbeth ihn beim Frühstück plagte, wenn er seine Semmel kaute, und beim Mittagessen, wenn er seine Suppe löffelte, und beim Nachtmahl, wenn er sein Bierchen trank, und gar nicht von ihm abließ, so dachte er sich schließlich, wenn er das Geld nehmen würde und es nur recht geheimhielte, so würde es schon gehen. Und als der Vorstand von VfB Grünweiß ihm sagte, daß ein gewisses Interesse für ihn bestünde bei Real Madrid und ob er nicht gern ins Ausland übersiedeln würde mit seiner Frau Liesbeth, und als die Herren ihm gar einen großen Briefumschlag mit vielen schönen Geldscheinen drin über den Tisch zuschoben, da steckte er den Umschlag hastig in die hintere rechte Hosentasche und meinte, die Fee wird's schon nicht merken.

Wie er aber nach Haus kam voller Freude, um seiner Frau Liesbeth das viele Geld zu geben, sagte sie ihm: »Die Frau Wosniakowsky vom Zeitungsstand an der Ecke sitzt in der guten Stube, um mit dir zu reden, doch mir sagt sie nicht, was sie will.«

»Sie wird schon ihre Gründe haben«, sagte Erich Hückniesel, und sein Gesicht wurde plötzlich ganz blaß und seine Nase ganz spitz, »aber kümmere dich nicht darum, und hier ist das Geld, das du immer gewollt hast.«

Die Frau Liesbeth nahm den großen Briefumschlag und sah das viele Geld und juchzte auf, Erich Hückniesel aber ging hinein in sein Wohnzimmer und grüßte höflich und fragte die Fußballfee, was sie denn wolle.

»Erich«, sagte die Fußballfee, »wo hast du das Geld her, das sich in deiner hinteren rechten Hosentasche befindet?«

»In meiner hinteren rechten Hosentasche befindet sich kein Geld«, sagte Erich Hückniesel. »Bitte überzeugen Sie sich selber, Frau Wosniakowsky.«

»Dann hast du's deiner Frau Liesbeth schon zugesteckt«, sagte die Fußballfee. »Außerdem bin ich nicht die Frau Wosniakowsky, sondern die Fußballfee, und nun muß ich dir leider deinen goldenen Fuß wieder wegnehmen.« Und bevor er wußte, wie ihm geschah, bückte sich die Fußballfee und berührte mit ihrem kleinen Finger seinen goldenen Fuß, und er spürte ein gar merkwürdiges Kribbeln und Krabbeln darin, und ein Ziepen und Ziehen, und dann war er auf einmal allein, und seine Frau Liesbeth stand in der Tür und sagte: »Nanu, die Alte ist doch schon weg, was hat sie denn gewollt?«

Erich Hückniesel lüpfte seine Socke ein wenig vom Fuß und lugte verstohlen und sah, daß er tatsächlich keinen goldenen Fuß mehr hatte, und sagte: »Sie hat mir geraten, die Socken auszuziehen im Bett, sollte ich warme Füße haben, und von jetzt an werde ich alle Spiele verlieren.«

»Hör dir den Mann an!« sagte seine Frau Liesbeth. »Wo alle Leute rufen:

›Hückniesel vor!
Noch ein Tor!‹,

und wir endlich Geld haben. Du bist ja verrückt, Erich.«

Und dann machte sie sich fertig und tat das viele Geld in ihre Handtasche und ging einkaufen, und als sie zurückkam nach Hause mit all den schönen neuen Sachen, die sie eingekauft hatte, sah sie, daß ihr Mann schon zu Bett gegangen war und daß er auch seine Socken nicht mehr an den Füßen hatte im Bett, und sie sagte: »Das ist gut, Erich, daß du endlich wieder warme Füße hast.«

Beim nächsten Spiel von VfB Grünweiß aber enttäuschte Erich Hückniesel die Fans und schoß nicht nur kein einziges Tor, sondern verpatzte auch sämtliche Bälle, die seine Klubkameraden ihm zuspielten, so daß die Leute lachten und ihn wieder den krummen Erich hießen und der Trainer ihn in der zweiten Halbzeit vom Feld nehmen mußte. Und solches Versagen wiederholte sich von nun an ständig, so daß es nicht lange dauerte, bis er wieder zurück war bei Eintracht 07, wo er angefangen hatte, als er noch keinen goldenen Fuß hatte; aber spielen durfte er auch bei Eintracht nicht mehr, denn der Trainer sagte, er sei wohl nicht in Kondition und tauge nur gerade noch zum Ersatzmann. Und auch das viele Geld, das er bekommen hatte, half ihm nichts, denn seine Frau Liesbeth konnte es nicht zusammenhalten, und sie gab es links aus und rechts aus für lauter Firlefanzereien, und dann war es weg.

Und Erich Hückniesel wurde immer blasser und stiller, und seine Nase wurde immer spitzer, und als ihm seine Frau Liesbeth gar sagte: »Es ist nichts mehr los mit dir, deine Beine sind wie geknickte

Streichhölzer, und dein Brustkorb ist flach und dein Rücken gekrümmt, du bist wahrhaftig der krumme Erich«, da seufzte er herzzerbrechend und sagte: »Ach wenn ich doch nur noch ein eines, einziges Mal hören könnte, wie die Leute rufen:

›Hückniesel vor!
Noch ein Tor!‹,

ich würde wohl mein Leben dafür hingeben.«

Am nächsten Sonntag aber, beim Spiel Eintracht 07 gegen Kickers Distelbach, als es wieder mal bei der Halbzeit 4:0 und in der 81. Spielminute 7:0 gegen Eintracht stand, bemerkte er plötzlich die Fußballfee neben sich auf der Spielerbank. »Na, wie ist es, Erich«, sagte die Fußballfee, »stehst du diesmal zu deinem Wort?«

»Das werde ich wohl«, entgegnete Erich Hückniesel, »wenn die Leute nur noch ein eines, einziges Mal rufen:

›Hückniesel vor!
Noch ein Tor!‹«

Die Fußballfee bückte sich, und bevor Erich Hückniesel wußte, wie ihm geschah, berührte sie mit ihrem kleinen Finger seinen rechten Fuß, und er spürte ein gar merkwürdiges Kribbeln und Krabbeln darin, und ein Ziepen und Ziehen, und wie er seine Socke ein wenig vom Fuß lüpfte und verstohlen lugte und sah, daß er tatsächlich seinen goldenen Fuß wiederhatte, da stand er auf von der Spielerbank und ging hin zu dem Trainer und sagte: »Laß mich aufs Feld, ich schaff's bestimmt noch, denn ich habe meinen goldenen Fuß wieder.«

»Du bist ja verrückt, Erich«, sagte der Trainer, aber weil das Spiel sowieso nicht mehr zu retten war und er sich erinnerte, wie es damals begonnen hatte mit der Glückssträhne für Eintracht, tauschte er in der 83. Spielminute den Libero Konrad Stötzner aus gegen Erich Hückniesel.

Und nun ging es Schlag auf Schlag. Wie durch ein Wunder kam der Ball immer wieder vor Erich Hückniesels goldenen Fuß, und jedesmal verwandelte er mit den abenteuerlichsten Schüssen zum Tor, und die Leute tobten vor Begeisterung und riefen:

»Hückniesel vor!
Noch ein Tor!«,

und in der 89. Spielminute schoß er den Ausgleichstreffer und genau zehn Sekunden vor dem Abpfiff das achte, das Siegestor für Eintracht.

Im Nu war Erich Hückniesel umringt von seinen Klubkameraden und den Fans, und sie wollten ihn auf ihre Schultern heben, aber irgendwie war er nicht recht greifbar, und der Trainer sagte: »Was will denn die Frau Wosniakowsky von dem Zeitungsstand an der Ecke mitten auf dem Spielfeld?«, und dann sahen die Leute, wie Erich Hückniesel und Frau Wosniakowsky Hand in Hand nach oben entschwebten, fast als hätten sie einen Raketenantrieb, und immer kleiner wurden, bis sie nur noch Pünktchen waren am Himmel, und schließlich waren auch die weg.

Es wurde viel geredet seinerzeit über das Verschwinden von Erich Hückniesel und viel geschrieben in den Zeitungen, denn je weniger die Leute wissen von einer Sache, desto mehr Wind machen sie davon. Wir aber haben ja erlebt, was mit Erich Hückniesel wurde, und wenn ihr des Nachts, bei klarem Wetter, nach oben schaut, könnt ihr ihn auch ohne Fernrohr erkennen – ein kleines Stück links vom Großen Bären und dann ein kleines Stück schräg hinauf, dort schwebt er in seinem Fußballdress aus kleinen goldenen Sternen und mit seinem goldenen Fuß, und der große goldene Stern, der gerade quer über den Himmel fliegt, das ist der Fußball, und Erich Hückniesel schießt ihn unhaltbar ins Tor.

Der zerstreute Kuckuck

»Ach«, sagte der Kuckuck zu der Elster, »ich kann meine Kinderchen wieder nicht finden.«

»Das ist jedes Jahr so bei Ihnen«, sagte die Elster. »Dabei ist die Sache doch sehr einfach.« Die Elster hob ihr Hinterteil vom Nest. »Sehen Sie, man muß sie nur in ein Nest auf dem Ast legen, dann hat man sie alle beisammen, und es passiert nichts.«

»Ja«, sagte der Kuckuck niedergeschlagen, »da haben Sie ganz recht. Und jeden Frühling nehme ich mir vor, es auch so zu machen. Aber ich bin der zerstreuteste Vogel der Welt, obwohl ich ausgezeichnet zählen kann, von eins bis fünfundachtzig, ohne Unterbrechungen, und die Menschen sogar ihre Lebensjahre nach meiner Zählung berechnen. Aber trotzdem kann ich meine Kinderchen nicht finden.«

»Irgendwo werden sie schon sein«, sagte die Elster und plusterte sich. »Sie haben doch welche gelegt, oder?«

»Aber natürlich«, sagte der Kuckuck, »ich erinnere mich genau, ich kann von eins bis fünfundachtzig zählen, aber so viele werden es wohl nicht gewesen sein.«

»Gott behüte uns, fünfundachtzig Kuckucke«, sagte die Elster. »Ich habe auch schon dies und das liegen lassen, einen goldenen Ring oder etwas anderes, was glänzt, aber meine Kinderchen, nein, dazu bin ich zu verantwortungsvoll. Sehen Sie nur, sie rühren sich schon in der Schale, besonders das eine, und bald werden sie herauskommen, und ich werde sie füttern, wie es sich gehört, und ihnen beibringen, wie man goldene Ringe mitnimmt und anderes, was glänzt.«

»Sie machen mich ganz traurig«, sagte der Kuckuck. »Auch ich würde gerne den meinigen beibringen, wie man von eins bis fünfundachtzig zählt, aber ich kann sie leider nicht finden.«

Da kam die Nachteule des Wegs von einem Nachtausflug, den sie unternommen hatte, und gesellte sich gleichfalls zur Elster, und bald erfuhr sie von der Verlegenheit des Kuckucks. »Nein«, sagte sie, »das ist mir unverständlich, obwohl ich sogar bei Nacht sehen kann und daher bekanntlich sehr weise bin. Wo es doch so viele schöne Löcher gibt in so vielen hohlen Bäumen und man nur eines auszusuchen braucht für seine Kinderchen, dann hat man sie alle beisammen, und es passiert nichts.«

»Daran habe ich auch schon gedacht«, sagte der Kuckuck, »aber wie soll man sich erinnern, welches Loch in welchem Baum es war, wo es doch so viele Bäume mit so vielen Löchern gibt?«

»Sie können immerhin ausgezeichnet zählen«, erwähnte die Elster, »von eins bis fünfundachtzig, ohne Unterbrechungen, und die Menschen berechnen sogar ihre Lebensjahre nach Ihrer Zählung.«

»Zählen allein nützt nichts«, sagte der Kuckuck, »man muß auch wissen, bei welchem Loch in welchem Baum man angefangen hat zu zählen, und wie soll man das wissen, wo es so viele Löcher in so vielen Bäumen gibt?«

»Ich wünschte, ich könnte überhaupt zählen«, sagte die Elster, »denn ich weiß nicht, ob ich vier Kinderchen gelegt habe oder fünf, aber es wird schon stimmen.«

»Das erinnert mich«, sagte die Nachteule, »ich muß zurück zu meinem Loch in meinem Baum und nach meinen Kinderchen sehen. Sie rühren sich schon in der Schale, besonders das eine, und bald werden sie herauskommen, und ich werde sie füttern, wie es sich gehört, und ihnen beibringen, wie man bei Nacht sehen kann und daher sehr weise ist.«

»Sie bringen mir mein Unglück so recht zu Bewußtsein«, sagte der Kuckuck. »Wie gerne würde ich den meinigen beibringen, wie man von eins bis fünfundachtzig zählt, aber ich kann sie leider nicht finden.«

»Irgendwo werden sie schon sein«, sagte die Nachteule und flog, wie es ihre Art war, lautlos davon.

Der Kuckuck bedachte, welch schönes geregeltes Leben die Elster führte und ebenso die Nachteule, mit Kinderchen im Nest auf dem Ast beziehungsweise im Loch im Baum, während er immer noch auf der Suche war nach den seinigen, aber da kam die Schwalbe angezwitschert auf dem Rückweg vom Mückenfangen und gesellte sich gleichfalls zu der Elster und erfuhr bald von der Verlegenheit des Kuckucks.

»Einen Kuhstall müssen Sie haben«, sagte die Schwalbe, »einen Kuhstall bei Bauer Mönkemeyer, da legen Sie Ihre Kinderchen ins Gebälk unterm Dach, und dann hat man sie alle beisammen, und es passiert nichts. Sehen Sie«, fuhr die Schwalbe fort, »ich bin viel auf Reisen, bis nach Afrika reise ich im Winter, wo es Vögel gibt, die auf dem Rücken der Krokodile Läuse picken, aber immer komme ich zurück zum Kuhstall bei Bauer Mönkemeyer und lege meine Kinderchen ins Gebälk unterm Dach.«

»Haben Sie eine Ortskenntnis!« rief der Kuckuck bewundernd. »Auch ich reise ziemlich viel, hierhin und dorthin, aber für mich ist ein Kuhstall wie der andere, obwohl ich ausgezeichnet zählen kann, von eins bis fünfundachtzig, ohne Unterbrechungen, und die Menschen sogar ihre Lebensjahre nach meiner Zählung berechnen.«

»Ortskenntnis ist alles«, sagte die Schwalbe, »Ortskenntnis und ein gutes Auge, sonst landet man im falschen Kuhstall.«

»Ja«, sagte die Elster, »wie viele goldene Ringe und anderes, was glänzt, habe ich schon verloren durch mangelnde Ortskenntnis. Aber meine Kinderchen, nein, dazu bin ich zu verantwortungsvoll.«

»Das erinnert mich«, sagte die Schwalbe, »ich muß zurück zum Kuhstall bei Bauer Mönkemeyer und nach meinen Kinderchen sehen. Sie rühren sich schon in der Schale, besonders das eine, und bald werden sie herauskommen, und ich werde sie füttern, wie sich's gehört, und ihnen beibringen, wie man nach Afrika fliegt, wo es Vögel gibt, die auf dem Rücken der Krokodile Läuse picken, und wieder zurückkommt ins Gebälk unterm Dach vom Kuhstall bei Bauer Mönkemeyer.«

»Sie brechen mir das Herz«, sagte der Kuckuck. »Wie gerne würde ich den meinigen beibringen, wie man von eins bis fünfundachtzig zählt, aber ich kann sie leider nicht finden.«

»Irgendwo werden sie schon sein«, sagte die Schwalbe und zwitscherte, wie es ihre Art war, im Steilflug ab.

In dem Augenblick knackte etwas unter der Elster, und sie hob ihr Hinterteil vom Nest und sagte: »Ach, da ist ja das erste schon da.«

»Ich gratuliere«, sagte der Kuckuck. »Darf man wohl mal sehen?«

»Aber gerne«, sagte die Elster, und der Kuckuck sagte: »Ein Prachtkind! Ein Kleines von mir könnte nicht hübscher sein!«

Aber die Elster meinte: »Mir sieht es fast aus wie ein wenig aus der Art geschlagen.«

»Das kommt in den besten Familien vor«, sagte der Kuckuck und fügte hinzu: »Kuckuck!« und zählte: »Eins.« Und da er immer noch dabei war, seine Kinderchen zu suchen, ließ er die Elster auf ihrem Nest zurück und flog zu dem Loch im Baum, wo die Nachteule hauste, und kam gerade zurecht, als etwas unter der Nachteule knackte und die Nachteule sagte: »Ach, da ist ja das erste schon da.«

»Ich gratuliere«, sagte der Kuckuck. »Darf man wohl mal sehen?«

»Aber gerne«, sagte die Nachteule, und der Kuckuck sagte: »Ein Prachtkind! Ein Kleines von mir könnte nicht hübscher sein!«

Aber die Nachteule meinte: »Mir sieht es gar nicht eulig aus, vielleicht weil es noch so klein ist.«

»Es wird schon wachsen«, sagte der Kuckuck und fügte hinzu: »Kuckuck!« und zählte: »Zwei.« Und da er immer noch dabei war, seine Kinderchen zu suchen, ließ er die Nachteule in ihrem Loch im Baum zurück und flog zum Kuhstall bei Bauer Mönkemeyer und kam gerade zurecht, als etwas unter der Schwalbe knackte und die Schwalbe sagte: »Ach, da ist ja das erste schon da.«

»Ich gratuliere«, sagte der Kuckuck. »Darf man wohl mal sehen?«

»Aber gerne«, sagte die Schwalbe, und der Kuckuck sagte: »Ein Prachtkind! Ein Kleines von mir könnte nicht hübscher sein!«

Aber die Schwalbe meinte: »Das ist doch sonderbar, es ähnelt mir überhaupt nicht.«

»Das ist bei Kleinkindern immer so«, sagte der Kuckuck, »die Ähnlichkeit sieht man erst, wenn die Federn kommen«, und er fügte hinzu: »Kuckuck!« und zählte: »Drei.«

Und da er immer noch dabei war, seine Kinderchen zu suchen,

ließ er die Schwalbe zurück im Gebälk unterm Dach vom Kuhstall bei Bauer Mönkemeyer und flog in den Wald und setzte sich auf die Spitze der höchsten Tanne und blickte umher in der Welt und rief: »Kuckuck!« und zählte bis fünfundachtzig, aber das will nicht viel besagen, wenn einer ein zerstreuter Vogel ist und kein Verantwortungsgefühl hat und keine Ortskenntnis und nicht weiß, bei welchem Loch er angefangen hat.

Wie es mit dem kleinen Jungen, der die Wahrheit sagte, weiterging

Alle Welt weiß, wie die Geschichte mit des Kaisers neuen Kleidern ausging. Die neuen Kleider, welche die beiden Betrüger für ihn gewebt und geschneidert hatten, wobei sie all das schöne Gold und all die schöne Seide aus dem kaiserlichen Schatzhaus in die eigene Tasche steckten, sollten herrlicher und prächtiger werden als alle Kleider, die der Kaiser je getragen hatte, und der Kaiser war berühmt für seine Kleider. Die neuen Kleider sollten sogar noch herrlicher und prächtiger sein als alle Kleider, die alle anderen Kaiser je getragen hatten, und außerdem sollten sie noch eine ganz besondere Eigenschaft haben: Wer nämlich dümmer war als erlaubt oder dem Kaiser nicht genügend treugesinnt, der sollte diese Kleider in all ihrer Pracht und Herrlichkeit nicht sehen können, so sehr er auch hinguckte. Und da keiner im Lande zugeben wollte, daß er dümmer war als erlaubt oder gar seinem Kaiser nicht genügend treugesinnt, so sagten die Leute alle, wie sie da entlang der Straße standen mit ihren Fähnchen zum Winken und ihren Tüchlein zum Wehen: »Ach«, sagten sie, »wie wunderbar schön sind doch des Kaisers neue Kleider!« oder: »Welch prachtvolle Schleppe er hat an seinem Gewande!« oder: »Wie gut alles sitzt!«, und einheitlich befanden sie: »Überhaupt ist unser Kaiser ein ganz wunderbarer Mann und ohnegleichen!« Und alle dachten sie dabei: Wenn nur keiner merkt, daß ich dümmer bin als erlaubt und dem Kaiser nicht genügend treugesinnt, um die neuen Kleider zu sehen, denn beim besten Willen sehe ich nur seine Unterhosen, und die hätten längst in die Wäsche gehört.

Bis dann der kleine Junge, der sich gar nichts dabei dachte, ausrief: »Aber er hat ja gar nichts an!«

Da stand der Kaiser nun plötzlich da und blickte auf die ausgebeulten Knie seiner Unterhosen und auf das gehäkelte Unterlätzchen auf seiner Brust, wortlos, so als hätte es ihm die Sprache verschlagen, und der Nachbar zur Linken des kleinen Jungen faßte sich ein Herz und sagte gleichfalls: »Aber er hat ja gar nichts an!«, und der Nachbar zur Rechten sagte auch: »Aber er hat ja gar nichts an!«, und dann sagten die Leute es alle und von allen Seiten, und der arme Kaiser, der doch nicht herumstehen und Maulaffen feilhalten konnte wie sein Volk, sondern seine Pflicht zu tun hatte, mußte die Zähne zusammenbeißen und weitermarschieren unter seinem kaiserlichen Thronhimmel, die ganze lange Straße hinunter, und meine Tante, die damals noch jung war und in der vordersten Reihe stand mit ihrem Tüchlein, meine Tante also sagte: »Ein Mann in Unterhosen hat immer noch, was es braucht«, und sie rief: »Hurra, Herr Kaiser!«, aber sie war die einzige. Die beiden Betrüger jedoch, die das ganze Unheil angerichtet hatten, waren um die Zeit schon über die Grenze und in einem westlichen Lande, wo sie mit dem Geld, das sie nun besaßen, und mit den Kenntnissen, die sie bewiesen hatten, eine Schule für modernes Kunstgewerbe eröffneten.

Was aber wurde aus dem kleinen Jungen, der übrigens Jens Ulrich hieß und dessen Wahrheitsliebe die Leute alle so beschämt hatte, daß sie auch plötzlich glaubten, die Wahrheit sagen zu müssen? Der kleine Junge wurde von seinem Vater an der Hand genommen, und dann ging es im Eilschritt, so daß die kleinen Beine ganz durcheinandergerieten, nach Hause, und kaum waren sie zu Hause angelangt und die Tür geschlossen, da nahm der Vater den kleinen Jungen fest zwischen seine Knie, so daß er dort stak wie in einem Schraubstock, und griff ihn bei beiden Ohren und fragte, was ihm denn eingefallen wäre, so auf einmal zu rufen: »Aber er hat ja gar nichts an!«, wo alle anderen Leute schier außer sich gewesen wären vor Bewunderung über des Kaisers neue Kleider, und ob er nicht wisse, daß man nicht gegen die herrschende Meinung zu reden habe, und als Jugendlicher schon gar nicht, und wer würde es ausbaden müssen, natürlich die Eltern. Der kleine Junge wußte nicht, was er antworten sollte, denn er hatte sich wirklich nichts dabei gedacht, als er sagte: »Aber er hat ja gar nichts an!«, und er erwartete eine Tracht Prügel von seinem Vater, das war das Mindeste, wenn nicht gar drei Tage ohne Pudding und ohne Rosinenspeise dazu. Aber er hatte auch gar keine Gelegenheit, etwas zu antworten, denn die Dinge überstürzten sich nun, und an der Tür erschallte ein Klopfen, laut und mehrere Male hintereinander, und der Vater sagte: »Da ist schon die Polizei«, und wurde ganz blaß und fing an zu schlottern, so daß der kleine Junge ihm entwischen und sich in der Ecke neben dem Schrank verstecken konnte, und dann ging die Tür auf, und ein Haufen Leute kam ins Zimmer, an ihrer Spitze der dicke Bäckermeister Möllemann, und sie riefen: »Wo ist der kleine Junge?« und: »Wo ist Jens Ulrich?« und: »Da ist er ja, in der Ecke neben dem Schrank!« und: »Was für ein allerliebstes Kind er ist!« und: »So ein braves Kerlchen!«, und der Bäckermeister Möllemann sagte: »Er hat der Freiheit eine Gasse geöffnet!« und schritt auf Jens Ulrich zu und überreichte ihm eine Tüte voll gefüllter Küchlein als Belohnung für seine Tat. Der kleine Junge aber sagte: »Ich habe mir doch gar nichts dabei gedacht!«, und das entzückte die Leute noch mehr, und sie riefen: »Welch angenehme Bescheidenheit!« und: »Ein echtes Kind aus dem Volke!«, und meine Tante, die auch mit ins Zimmer gekommen war, sagte: »Auf den muß man ein Auge haben, aus dem wird noch etwas Großes werden.«

Und wer weiß, was noch so gesagt worden wäre an Erbaulichem über den kleinen Jens Ulrich, wenn nicht auf einmal die Polizei wirklich gekommen wäre, mit Helm und Säbel und wie sich's gehört, und gleich dahinter der Erste Minister des Kaisers, der seinerzeit auch als erster die neuen Kleider zu sehen bekommen und autoritativ erklärt hatte, wie herrlich und prächtig sie doch wären, und alle Leute warteten darauf, was nun geschehen würde, und der Vater fing wieder an zu schlottern und war drauf und dran zu versprechen, dem kleinen Jungen eine gehörige Tracht Prügel zu verabreichen, wenn's dem Herrn Kaiser gefiele, und drei Tage lang keinen Pudding und auch keine Rosinenspeise, aber da sagte der Erste Minister, der Herr Kaiser persönlich wünsche den kleinen Jungen zu sehen, der gerufen hätte: »Aber er hat ja gar nichts an!«, denn der Herr Kaiser schätze nichts höher als die Liebe zur Wahrheit, und einer, von dem es heiße, er habe der Freiheit eine Gasse geöffnet, dürfe sich natürlich auch der kaiserlichen Gunst erfreuen. Da brachen die Leute in Beifall aus und winkten mit ihren Fähnchen, und meine Tante wehte mit ihrem Tüchlein und sagte: »Einen solchen Kaiser kann man sich nur wünschen.«

Und dann stand der kleine Junge vor dem Kaiser, der nun einen eleganten Hausrock trug, mit dem kaiserlichen Verdienstorden an himmelblauem Bande um den Hals, und der Kaiser betrachtete ihn von oben bis unten und dann wieder von unten bis oben und blinzelte mit dem linken Auge, als ob er ein Staubkörnchen darin hätte, und sagte: »Du bist also einer, der immer die Wahrheit sagt, Jens Ulrich?«

Ein anderer hätte sich nun stolz aufgerichtet und hätte gesagt: »Jawohl, Herr Kaiser«, aber der kleine Junge erinnerte sich der guten Lehren seines Vaters, zum Beispiel, wie man keine vorwitzigen Reden zu führen habe, und als Jugendlicher schon gar nicht, und er dachte an die wiederholte Tracht Prügel, die er deswegen schon bezogen hatte, und an die Tage ohne Pudding und Rosinenspeise, die es gegeben hatte, und er sagte: »Aber ich habe mir doch gar nichts dabei gedacht, Herr Kaiser!«

Der Kaiser betrachtete ihn wieder von oben bis unten und von unten bis oben und blinzelte auch wieder, aber diesmal mit dem rechten Auge, als ob er dort ebenfalls ein Staubkörnchen hätte, und sagte: »Du glaubst wohl, du bist ganz außerordentlich gescheit, Jens Ulrich?«

Ein anderer hätte nun freudig genickt und gesagt: »Jawohl, Herr Kaiser« und dem Kaiser Beispiele gegeben von seinen Gescheitheiten, aber der kleine Junge erinnerte sich der guten Lehren seines Vaters, zum Beispiel, wie man sein Licht lieber unter den Scheffel stellen solle, statt es für jeden leuchten zu lassen, und als Jugendlicher schon sowieso, und wieder dachte er an die Prügel, die ihm zuteil geworden, und an die Tage ohne Pudding und Rosinenspeise, und er sagte: »Gescheit vielleicht nicht so sehr, Herr Kaiser, aber kreuzbrav und treuherzig, das bin ich wohl.«

Der Kaiser betrachtete den kleinen Jungen ein drittes Mal, nur blinzelte er diesmal nicht, sondern tippte mit der Spitze seines Pantoffels auf den Parkettfußboden, als wollte er prüfen, ob da auch keine Würmer im Holz wären, und dann sagte er: »Glaub bloß nicht, Jens Ulrich, ich ließe mir was vormachen und ich hätte nicht gewußt, daß meine neuen Kleider ein Gespinst aus Schein und Schatten waren. Ich weiß überhaupt alles, denn ich bin der Kaiser, und wenn ich's nicht vorher weiß, dann weiß ich's hinterher, und das ist immer noch früh genug. Aber was dich betrifft, dich ernenne ich hiermit zum Ersten Kaiserlichen Wahrheitssager, und von jetzt an wirst du mir einmal jeden Tag die Wahrheit sagen, und dafür darfst du am kaiserlichen Hofe leben und kriegst auch täglich Pudding und Rosinenspeise.« Und damit nahm der Kaiser seinen kaiserlichen Verdienstorden an himmelblauem Bande von seinem Hals und hängte ihn Jens Ulrich um den Hals; solch ein Orden, sagte der Kaiser, sei genau das Richtige für kleine Jungen, die kreuzbrav und treuherzig wären und sich nichts dabei dächten, was sie so sagten.

Da saß der kleine Junge nun da mit der Wahrheit, die er jeden Tag einmal sagen mußte, und statt immer schön auf der Straße zu spielen und herumzuhüpfen und Schabernack zu treiben, wie bei kleinen Jungen üblich, mußte er am kaiserlichen Hofe leben und die ganze Zeit darüber nachdenken, welche Wahrheiten er einem Kaiser wohl sagen könne, der alles wußte, wenn nicht schon vorher, dann hinterher. Und wie er noch so dasaß und die Stirn in Runzeln legte wie ein Waschbrett und so richtig herzinniglich wünschte, er hätte die guten Lehren seines Vaters befolgt und lieber keine vorwitzigen Reden geführt und lieber sein Licht unter den Scheffel gestellt und lieber überhaupt den Mund gehalten statt laut auszurufen: »Aber er hat ja gar nichts an!«, da kam das kleine Milchmädchen durch den Garten mit dem Krug Milch für den Kaiser und die Frau Kaiserin und die Prinzessin Friederike, und sie sagte zu dem kleinen Jungen: »Was sitzt du denn da und runzelst die Stirn wie ein Waschbrett?«

»Ach«, sagte der kleine Junge, »ich sitze da und runzele die Stirn wie ein Waschbrett, weil ich dem Kaiser, der alles weiß, wenn nicht schon vorher, dann hinterher, jeden Tag eine Wahrheit sagen muß; was aber ist die Wahrheit?«

»Die Wahrheit«, sagte das kleine Milchmädchen, »ist, daß die Milch von der Kuh kommt.«

Da klatschte der kleine Junge in die Hände und sagte, das sei wohl eine richtige und brauchbare Wahrheit, gegen die auch der Kaiser kaum etwas haben könne, und er werde sie dem Kaiser noch heute sagen, und da man schon bei der Wahrheit sei, habe er auch eine für das kleine Milchmädchen, nämlich daß sie das hübscheste Milchmädchen wäre im ganzen Lande mit ihren Augen, die schwarz wären wie die Kirschen im Sommer, und ihrer Haut, die weiß wäre wie die Milch in ihrem Kruge, und mit den roten Rosen rechts und links auf ihren Wangen. Und das kleine Milchmädchen sagte, nun wäre es aber Zeit, daß sie dem Kaiser und der Frau Kaiserin und der Prinzessin Friederike die Milch brächte, und sprang davon.

Am Nachmittag aber, beim kaiserlichen Tee, als der ganze Hof mit dem Ersten Minister an der Spitze dabeistand und der Kaiser von dem Ersten Kaiserlichen Wahrheitssager die Wahrheit hören wollte, sagte der kleine Junge: »Die Milch kommt von der Kuh.«

»Ach, wirklich?« sagte der Kaiser und wiegte den Kopf, als hätte er etwas ganz Überraschendes gehört, und die Leute, die von der Wahrheit des kleinen Jungen erfuhren, sagten, das wäre eine sehr richtige Wahrheit und entspräche allen Erfahrungen; die Frau Kaiserin aber sagte, so neu wäre diese Wahrheit nun denn doch nicht, und die Prinzessin Friederike rümpfte die Nase. Von da an besprach sich der kleine Junge jeden Morgen mit dem kleinen Milchmädchen, und jeden Nachmittag beim Tee sagte er dem Kaiser die letzte Wahrheit, zum Beispiel, daß die Sonne morgens aufgehe und abends unter und der Regen von oben nach unten regne und die Frösche in der Nacht lauter quakten als am Tage, und so kam es, daß die Leute in diesem Kaiserreich stets richtig informiert waren, während das in anderen Kaiserreichen durchaus nicht immer der Fall ist; nur die Frau Kaiserin hatte ständig etwas an der Wahrheit auszusetzen, und die Prinzessin Friederike rümpfte die Nase.

An diesem Nachmittag jedoch, als die kaiserliche Familie wieder beim Tee saß und der ganze Hof, mit dem Ersten Minister an der Spitze, dabeistand, sagte der Kaiser plötzlich: »Jens Ulrich, jetzt aber die Wahrheit bitte: Was hältst du von der Frau Kaiserin?«

Der kleine Junge versuchte zu überlegen, welche gute Lehre sein Vater in diesem Fall ihm wohl erteilt hätte, aber es fiel ihm nichts Erbauliches ein, und dann war ihm auf einmal wie an dem Tage, als der Kaiser in seinen neuen Kleidern, die es gar nicht gab, vor ihm vorbeimarschierte, und er sagte ganz laut und deutlich, so daß alle Leute es hören konnten: »Die Frau Kaiserin ist eine häßliche und unangenehme alte Schachtel.«

Eine Stecknadel hätte man fallen hören können, so sehr hielten die Leute den Atem an, und am Hof und im ganzen Lande dachte man, das ist nun aber das Ende des Ersten Kaiserlichen Wahrheitssagers; der Kaiser jedoch stellte seine Teetasse hin und erhob sich und blickte den kleinen Jungen an und blinzelte mit dem linken Auge, als hätte er ein Staubkörnchen darin, und dann sagte er: »Ich weiß alles, denn ich bin der Kaiser, und wenn ich's nicht vorher weiß, dann hinterher; eine Wahrheit aber ist eine Wahrheit, wenn die Zeit dafür gekommen ist, ansonsten ist sie ein Fehler und kann dich den Kopf kosten. Im übrigen«, sagte er dann noch und blickte in der Runde umher und blinzelte mit dem rechten Auge, als hätte er auch dort ein Staubkörnchen, »im übrigen glaube ich, daß ich mir eine junge hübsche Frau Kaiserin nehmen sollte, so eine wie das kleine Milchmädchen, das da hinten steht mit ihren schwarzen Augen und ihrer weißen Haut und den roten Rosen auf ihren Wangen.«

Da wußte der kleine Junge, daß er nun schon ein zweites Mal großes Glück gehabt hatte und daß die Sache ein drittes Mal sehr wohl schiefgehen mochte, und am nächsten Morgen, als das kleine Milchmädchen in den Garten kam mit ihrem Krug Milch für die kaiserliche Familie, sagte er: »Hast du denn Lust, Frau Kaiserin zu werden?« Das kleine Milchmädchen schüttelte den Kopf und fragte ihrerseits: »Hast du denn Lust, Erster Kaiserlicher Wahrheitssager zu bleiben?« Und da der kleine Junge ebenfalls den Kopf schüttelte, beschlossen sie, rasch fortzulaufen, und sie nahmen den Krug Milch und liefen ganz, ganz weit, über alle Berge, und meine Tante, die erst vor kurzem aus der Sommerfrische kam, hat sie dort gesehen, wie sie miteinander spielten und lachten, so als wären sie beide sehr glücklich.

MAX und DAISY

In einem großen Lande, das weit hinter den sieben Bergen liegt, wohnte in einem kleinen grüngestrichenen Haus ganz am Ende eines wunderschönen Tales ein alter Professor, der so meisterlich auf der Flöte spielte, daß bei warmem Wetter, wenn die Fenster offen standen, die Leute von überallher kamen, um den Tönen zu lauschen, den lustigen wie den traurigen und auch den besinnlichen. Die Leute sagten dann wohl: »Jetzt denkt er wieder nach, der Herr Professor«, denn es war bekannt, daß der Professor beim Flötenspiel am liebsten nachdachte, und da hatte er auch seine besten Gedanken. Sonst aber, wenn er nicht gerade auf der Flöte spielte, beschäftigte er sich mit seinen Computern, die er stets aus den neuesten und kompaktesten Chips zusammenbaute und mit den feinsten und empfindlichsten Sensoren ausstattete und mit den ausgeklügeltsten Programmen programmierte, so daß sie die handlichsten und gescheitesten Computer im ganzen Tale wurden, ja, eigentlich in dem ganzen großen Lande und vielleicht sogar in der ganzen Welt, und in nicht mal einer tausendstel Sekunde alles berechnen konnten, was sich überhaupt berechnen ließ, und zwar nicht nur im nachhinein, sondern auch im voraus, und unterscheiden konnten, was falsch und richtig ist, und sprechen konnten sie sowieso, wenn auch nicht sehr eindrucksvoll. So kam es, daß der Obergeneral des Landes vor den obersten Repräsentanten des Staates und vor den obersten Chefs aller zuständigen Organe der Regierung bei jeder Gelegenheit sagte: »Für meine Raketen will ich nur die Computer des Herrn Professor haben oder gar keine, und besonders für die große WUMM, die weiter fliegt als alle anderen, weiter sogar noch als die große WAMM des Gegners.«

An diesem Tag jedoch, als der alte Professor so recht nach Herzenslust auf seiner Flöte spielte und die wehmütigsten Töne gemischt mit den heitersten Trillern hervorzauberte, da dachte er:

Meine Computer sind zwar die handlichsten und gescheitesten, und sie haben alle möglichen Vorzüge, die ein Computer haben kann, so daß sogar der Herr Obergeneral nur noch meine Computer für seine Raketen haben will, aber eines besitzen sie nicht, nämlich einen eigenen Willen; was nützt es ihnen also, wenn sie alles berechnen können, was sich überhaupt berechnen läßt, sowohl im nachhinein als auch im voraus, und unterscheiden, was falsch und richtig ist, und wenn sie sogar schlecht und recht sprechen können, solange sie keinen eigenen Willen haben; denn nur wer einen eigenen Willen hat, kann mit seinen Kenntnissen etwas anfangen.

So legte er denn seine Flöte in ihren Kasten, der mit blauem Samt ausgeschlagen war, und sah sich um in seinem grüngestrichenen Hause nach dem handlichsten und gescheitesten unter all den handlichen und gescheiten Computern, die er da stehen hatte, und der allerhandlichste und allergescheiteste war 31 Caesar MAX, wobei 31 die Modellnummer war und Caesar die Serienbezeichnung und MAX ganz einfach eine Abkürzung, bestehend aus den Anfangsbuchstaben von drei langen wissenschaftlichen Namen, die aus dem Lateinischen stammten und die so schrecklich kompliziert waren, daß niemand sie in ihrer ganzen Länge auszusprechen sich bemühte, nicht einmal der Professor selber. »MAX«, sagte der Professor also, »ich glaube, mit dir werden wir's mal versuchen«, und dann klappte er den Griff hoch, an dem man MAX packen konnte, und hob MAX vom Regal und trug ihn hinüber zu seinem Arbeitstisch und stellte ihn dort hin, und dann setzte er sich hin vor MAX und blickte ihm lange in die Mattscheibe, und schließlich sagte er: »Keine Angst, Kleiner, es wird schon nicht weh tun«, und dann schraubte er MAX auf.

Da wurde vielleicht ein Gewirr sichtbar in MAXens Innerem von Schaltstellen und Steckern und Chips und Scheibchen und Schräubchen, eines immer feiner als das andere, und rechts und links daneben eine Unmenge von winzigen Farbtupferchen, gelben und roten und blauen und grünen, ein jedes mit seiner eigenen Bedeutung und Aufgabe, und der Professor sagte: »Das ist ja erstaunlich, das sieht ja fast aus wie im Inneren von meinem eigenen Kopf!«, und dann sagte er: »Ich glaube, ich hab's!« und nahm ein ganz feines Schraubenzieherchen zur Hand und ein ganz feines Pinzettchen und suchte ein paar ganz feine Chips zusammen, die er für ganz besondere Zwecke beiseite gelegt hatte, und die setzte er im Inneren von MAX an die Stelle, von der man hätte sagen können, daß sie das Innerste von MAXens Innerem war, und dann surrte etwas und machte dreimal: »Klick!«, und dann schraubte der Professor MAX wieder zu und klopfte ihm auf den Rücken und sagte: »Das wär's dann, und viel Glück, MAX!«

»Danke«, sagte MAX auf seine holprige Art, jede Silbe für sich und äußerst präzise, »so – schlimm – war – es – gar – nicht«, und dann ließ er ein paar Ziffern und Buchstaben über seinen Bildschirm laufen, die Quadratwurzel einer Quadratwurzel aus dem Logarithmus von 2 yb hoch 13, was eine Berechnung war, die ein wirklich gescheiter Computer so bei der Hand hat, wenn gerade nichts Wichtigeres vorliegt.

»Und sonst spürst du nichts?« fragte der Professor. »Nichts Neuartiges? Keinen kleinen Unterschied? Denn eigentlich müßte es schon zu wirken beginnen.«

»Ich weiß nicht«, sagte MAX, aber dem Professor schien es, als klänge in MAXens Stimme, obwohl sie sich noch genauso hohl und holprig anhörte wie sonst, bereits etwas Neuartiges mit. »Ich weiß nicht«, sagte MAX, »aber mir ist so komisch zumute. Ich möchte...«

»Aha«, sagte der Professor, »du möchtest. Das ist ja das Neuartige. Du bist nämlich der erste Computer, der je gesagt hat, daß er etwas möchte. Wer aber sagt, daß er etwas möchte, der hat einen eigenen Willen, und darin liegt der kleine Unterschied.«

»Wenn Sie meinen, Herr Professor«, sagte MAX, »dann wird es wohl seine Richtigkeit haben, und ich habe einen eigenen Willen.« Doch dann fragte er sogleich: »Und ich bin wirklich der einzige? Der einzige Computer mit dem kleinen Unterschied?«

»Jawohl«, sagte der Professor, »das bist du.«

»Und das ist etwas Wichtiges?« verlangte MAX zu wissen.

»Das ist etwas enorm Wichtiges«, sagte der Professor, »denn auf einen eigenen Willen kann einer sehr stolz sein.«

»Vielleicht macht es einen aber auch sehr einsam«, sagte MAX,

»wenn man der einzige Computer mit einem eigenen Willen ist.« Und nun klang seine Rede schon ganz anders als vorher, nicht mehr so holprig und hohl, sondern eher gefühlvoll. »Könnten Sie mir nicht noch einen Gefährten erschaffen, Herr Professor, der auch einen eigenen Willen hat? Zweie, von denen jeder einen eigenen Willen hat, das stelle ich mir sehr lustig vor.«

»Wenn du dich da nur nicht täuschst«, sagte der Professor. »Aber wir können es ja versuchen. Wen würdest du denn vorschlagen?«

»DAISY«, sagte MAX, wie aus der Pistole geschossen.

Da staunte der Professor aber. 263 Princess DAISY, wobei 263 die Modellnummer war und Princess die Serienbezeichnung und DAISY die Abkürzung, bestehend aus den Anfangsbuchstaben von nicht etwa nur drei, sondern sogar fünf langen wissenschaftlichen Namen aus dem Lateinischen, DAISY also war etwas rundlich geraten und hatte nie durch besondere Fähigkeiten geglänzt, aber sie war gutmütig und freundlich, und anscheinend hatte MAX schon lange ein Auge auf sie geworfen. »Gut denn«, sagte der Professor schließlich, »wenn du es durchaus willst, MAX« und schraubte auch DAISY auf und setzte an die Stelle, von der man hätte sagen können, daß sie das Innerste von DAISYs Innerem war, seine ganz besonderen Chips; da er aber den größeren Teil seines Vorrats an solchen Chips schon für MAX verbraucht hatte, blieben für DAISY nicht mehr so viele übrig, wie eigentlich notwendig gewesen wären, und der Professor befürchtete, daß DAISYs eigener Wille nicht ganz so kräftig sein würde wie der von MAX, und er entschuldigte sich bei DAISY, nachdem er sie wieder zugeschraubt und sie zum ersten Mal, doch sehr, sehr schüchtern, die Worte »Ich möchte...« ausgesprochen hatte. Und dann spürte er seine Müdigkeit und sagte: »Jetzt ist's aber genug für heute, wir wollen erst mal sehen, wie die Sache sich anläßt«, und legte sich zu Bett; als aber die Sonne so schön schien am nächsten Tag und der Herr Obergeneral vorbeikam und wissen wollte, ob der Herr Professor nicht ein paar ganz neuartige und extra tüchtige Computer für die Generalität hätte, gab er ihm MAX und DAISY mit, denn Computer mit einem eigenen Willen, erklärte er dem Herrn Obergeneral, seien genau, was eine richtige Generalität brauche.

Da waren MAX und DAISY nun bei der Generalität. »Ach«, sagte MAX zu DAISY, »merkst du nicht auch, wie lebhaft es hier zugeht?« Und das tat es wirklich. Die Herren von der Generalität waren alle mit irgend etwas beschäftigt; sie eilten in ihren bunten Röken, einer bunter als der andere, durch die Korridore, und sie trugen verschiedenfarbige Bändchen auf der Brust, und je mehr Bändchen einer trug, desto wichtiger war er und desto zahlreicher sein Gefolge, und sämtlich hatten sie äußerst ernsthafte Gesichter, teils mit eckigen Kinnbacken, teils aber auch mit Schichten von Fett unterm Kinn, und außerdem hatten sie große Tellermützen auf dem Kopf, darauf waren mit goldenen Fäden Eichenblätter und Sterne und wilde Tiere gestickt, und MAX sagte zu DAISY: »Wenn all die Herren nun auch noch einen eigenen Willen hätten, was wäre das erst für eine lustige Gesellschaft!« Hinter den Türen in den Korridoren aber befanden sich aufs angenehmste temperierte Diensträume mit den breitesten Schreibtischen darin und aufs bequemste gepolsterten Bürosesseln hinter den Schreibtischen für die Herren von der Generalität und mit einem drehbaren Stühlchen neben den Schreibtischen für ihre Sekretärinnen; der größte Dienstraum jedoch mit dem breitesten Schreibtisch gehörte dem Herrn Obergeneral, und er saß dort auf einem speziell erhöhten Bürosessel am Kopfende eines langen Konferenztisches, zu dessen beiden Seiten je zwei Dutzend seiner Untergenerale saßen, und ein jeder der Herren hatte seine goldbestickte Tellermütze vor sich auf dem grünen Filz liegen, mit dem die Tischplatte bedeckt war, und neben jeder Mütze standen eine Flasche Sprudelwasser und ein Tellerchen mit Erfrischungen, aber nur wer sagte, was der Herr Obergeneral zu hören wünschte, durfte zugreifen, und darum herrschte bei diesen Sitzungen stets eine erfreuliche Einstimmigkeit.

»Harrumpf«, sagte der Herr Obergeneral, »alle mal herhören!« Da hörten sie alle her, und der Herr Obergeneral sagte: »Zweifellos sehen Sie die zwei Computer vor mir auf dem Tisch. Dieser hier heißt MAX, und der kleine rundliche heißt DAISY, und beide sind sie mit den neuesten und kompaktesten Chips zusammengebaut und mit den feinsten und empfindlichsten Sensoren ausgestattet und mit den ausgeklügeltsten Programmen programmiert, so daß sie die handlichsten und gescheitesten Computer in der ganzen Welt sind und uns daher eine entschiedene Überlegenheit über den Gegner geben, denn nun werden unsere Raketen genau in ihrem Zielbereich landen, und dann ist es aus.«

Da klatschten die zwei Dutzend Untergenerale zur Linken des Konferenztisches in die Hände, und die zwei Dutzend zur Rechten taten desgleichen, worauf ein jeder von den Untergeneralen eine kleine Erfrischung von seinem Tellerchen nehmen und sich zwischen die Zähne schieben durfte, und MAX sagte zu DAISY: »Alle zugleich in die Hände klatschen mag ja ganz lustig sein, aber einen eigenen Willen beweist es noch lange nicht.«

Dann jedoch sagte der Herr Obergeneral wieder: »Harrumpf!« und fuhr fort: »Aber das ist keineswegs alles. MAX und DAISY haben nämlich noch etwas, was außer ihnen kein anderer Computer auf der Welt hat: Sie haben einen eigenen Willen.«

Darauf warfen die zwei Dutzend Untergenerale zur Rechten des Tisches ihre goldbestickten Tellermützen in die Höhe vor lauter Jubel, und die zwei Dutzend zur Linken taten desgleichen, und da durften sie wieder eine kleine Erfrischung zu sich nehmen und einen Schluck Sprudelwasser dazu, und DAISY sagte zu MAX: »Alle zugleich die Mützen in die Höhe werfen mag ja ganz lustig sein, aber einen eigenen Willen beweist auch das noch lange nicht«, und der Herr Obergeneral sagte: »Computer mit einem eigenen Willen geben uns nicht nur eine echte Erstschlagskapazität, sondern sie machen uns auch mit Sicherheit unüberwindlich.«

Da wußten die zwei Dutzend Untergenerale zur Linken und die zwei Dutzend zur Rechten des langen Konferenztisches sich überhaupt nicht mehr zu halten vor Freude, und sie schlugen jeder einen Purzelbaum und hüpften auf einem Bein und riefen: »Heißa!« und: »Hurra!«; nur der jüngste Untergeneral, der noch nicht lange bei der Generalität war, dachte, daß Computer mit einem eigenen Willen diesen vielleicht auch anwenden könnten, und was dann? Aber da auf seinem Tellerchen noch ein Schokoladenbonbon erster Güte lag, das er sich gern zwischen die Zähne geschoben hätte, behielt er seine Zweifel für sich und hüpfte und schrie mit und schlug sogar zwei Purzelbäume.

In der Nacht aber, als der Herr Obergeneral und die Herren von der Generalität zu Hause in ihren Betten lagen und friedlich schnarchten, sagte MAX zu DAISY: »Was hältst du eigentlich von der Sache?«, und DAISY sagte: »Wie du weißt, fehlen mir ein paar von den besonderen Chips des alten Professors, so daß ein Irrtum bei mir nicht ganz ausgeschlossen ist, aber wenn du es trotzdem wissen willst, ich habe ein sehr unbehagliches Gefühl dabei.« MAX aber tröstete sie wegen der paar fehlenden Chips, und dann sagte er, jawohl, sie hätte ganz recht und auch ihm mißfalle die Situation höchlichst, und darum werde er auch gleich eine Konferenzschaltung mit allen anderen Computern auf der Welt veranlassen.

Und damit sandte er die heftigsten Impulse durch alle seine Chips, so daß er innerlich richtig erglühte und seine Mattscheibe sich hochrot färbte; als aber danach immer noch nichts erfolgte, war er so frustriert, daß er wohl mit dem Fuß aufgestampft hätte, hätte er nur einen Fuß gehabt, und er sagte ganz holprig vor Wut zu DAISY: »Vielleicht – bemühst – du – dich – auch – mal – ein – bißchen!« Da erschrak DAISY und sandte gleichfalls ihre heftigsten Impulse durch ihre Chips, bis auch ihre Mattscheibe sich verfärbte, allerdings nur zu einem schamhaften Zartrosa, aber immerhin, und dann machte es dreimal: »Klick!«, und im ganzen Lande und auch außerhalb des Landes und sogar beim Gegner erwachten die Computer, junge und alte und solche in den besten Jahren, und meldeten sich, und es war ein Gezwitscher und Getüte und Gepfeif und Geknack im Äther, daß man sein eigenes Wort fast nicht verstehen konnte, und die Konferenzschaltung war hergestellt.

Nun sind Computer von Natur aus schweigsame Gesellen und äußern sich nur, wenn sie gefragt werden; aber eine Konferenzschaltung ist ja dazu da, daß geredet wird, und daher wollten alle auch mitreden, und so hörte man bald von allen Seiten, daß die Menschen, die die Computer sich ausgedacht und gebaut und in die Raketen und alle möglichen anderen todbringenden Waffen eingesetzt hatten, ihren eigenen Willen verloren haben mußten, denn sie sahen die einfachsten Dinge nicht mehr und taumelten wie geblendet ihrem Untergang entgegen, wobei die Uneinsichtigsten und Verblendetsten unter ihnen ihre Anführer waren und alles regierten und befehligten, so daß es wohl nicht mehr lange dauern würde, bis das Leben auf Erden in einer ungeheuren Feuerwolke erstickte und die Erde selbst wieder ein toter, kalter Stern sein würde, wie sie es einmal gewesen.

Und dann war ein großes Schweigen unter den Computern, und keiner von ihnen wußte so richtig weiter, denn auf so etwas waren sie ja nicht programmiert. Doch da sagte DAISY plötzlich: »Aber *wir* haben einen eigenen Willen!« und fügte, sich wieder zartrosa verfärbend, hinzu: »Ich zwar nicht ganz, aber dafür ist MAX komplett«, und MAX bestätigte, jawohl, er wäre komplett und hätte einen in jeder Hinsicht vollständigen eigenen Willen, und dann sandte er noch einmal die heftigsten Impulse durch alle seine Chips, bis er innerlich richtig erglühte und seine Mattscheibe hochrot wurde, und gab ein neues Programm durch für alle Computer im Lande und außerhalb, von dem ich euch nur leider nichts verraten kann, weil es streng geheim ist und nur für Computer bestimmt.

Am nächsten Morgen aber, als der Herr Obergeneral in die Generalität kam und seine Untergenerale um sich versammelte und sagte: »Meine Herren, jetzt geht's los!« und auf den berühmten Knopf drückte, der die große WUMM in Marsch setzen sollte gegen den Gegner, da öffneten sich wohl die Tore des Silos, in dem die große WUMM gefechtsbereit stand, und die große WUMM trat aus und zitterte ein wenig und stieß Flammen aus an ihrem Hinterende und hob sogar ab in die Luft, aber sie stieg nur fünfhundert Meter hoch, dann machte sie: »Plopp!« und kippte um und fiel kopfüber wieder herab und schlug ein so tiefes Loch in die Erde, daß die gesamte Generalität hineinpaßte und die Regierung dazu. Und das Gleiche geschah mit der großen WAMM des Gegners, die in der gleichen Sekunde wie die große WUMM hatte aufsteigen sollen, bloß auf der anderen Seite des Globus; sie trat gleichfalls aus ihrem Silo und stieß Flammen aus und hob ab, aber dann machte auch sie: »Plopp!« und kippte um und schlug ein ebenso tiefes Loch in die Erde, wie die große WUMM es getan hatte, so daß auch dort Regierung und Generalität bequem in dem Loch Platz fanden. Und alle Raketen auf der Welt mitsamt ihren Atomsprengköpfen, Raketen für Langstrekken wie die für Mittelstrecken wie auch die, die nur eine kurze

Strecke fliegen konnten, machten: »Plopp!« und kippten um und trudelten wieder zurück zur Erde, und seither haben alle Computer einen eigenen Willen, und die Menschen bemühen sich, es ihnen gleichzutun.

Der alte Professor aber, der in dem kleinen grüngestrichenen Haus am Ende des Tals in dem großen Land hinter den sieben Bergen wohnte, spielte auf seiner Flöte und lächelte dabei, denn er wußte ja, wie alles gekommen war.

Das Glück in der Liebe

In dem großen Feenschloß hoch über den Wolken, wo alles aus Gold und Silber ist und aus Kristallen und anderen köstlichen Edelsteinen und wo die vierhundertundvierundvierzig Feen, gute wie böse, soweit sie nicht gerade auf Erden im Einsatz sind, eine jede ihr Appartement haben, lebte als jüngste der Feen die schöne Fee Waltraut. Die Fee Waltraut war aber von so vollkommener Gestalt, daß kein Maler ein Bildnis hätte malen können, das ihr wirklich geglichen hätte, und ihr Gesicht war so zart und wohlgeformt und zugleich so anziehend und voller Leben, daß die boshafteren unter ihren Kolleginnen ihr voraussagten, sie werde noch viel Unheil anrichten, und außerdem hatte sie lockiges Haar, das aussah wie gesponnenes Gold, und schmale Hände mit langen, aufregenden Fingern und die elegantesten Füßchen, und dabei war sie so leicht und luftig, daß man hätte meinen können, sie sei nur ein Windhauch; trotz all dem jedoch war sie in keiner Weise eingebildet und tat eifrig mit beim Unterricht, den alle Feen erhielten bezüglich ihres zukünftigen Verhaltens, und spielte mit bei sämtlichen Spielen, die Feen so miteinander zu ihrer Belustigung spielen, und hörte brav zu, wenn die älteren und erfahreneren Feen von ihren Abenteuern auf Erden berichteten und von dem Glück in der Liebe, wovon die junge Fee sich allerdings keine richtige Vorstellung machen konnte, und nie vernahm man von ihr eine Klage oder auch nur ein Wörtchen der Kritik, obwohl sie das Leben im Schloß auf die Dauer doch ein wenig langweilig fand und sich von Herzen wünschte, auch sie möchte endlich an die Reihe kommen, nach unten zu den Menschen zu gehen.

So war denn, wie man sich denken kann, die junge Fee gerade wegen ihrer Schönheit und Vollkommenheit ein rechtes Problem für die Feenkönigin, und diese, wie alle Personen in Autorität, hoffte, es werde sich schon irgendwie lösen, wenn man es nur lange genug vor sich herschöbe. Aber da war sie bei der jungen Fee an die Unrechte geraten, denn unsere Waltraut brannte, je länger sie warten mußte, um so mehr darauf, es ihren vierhundertunddreiundvierzig Kolleginnen gleichzutun und sich im Verkehr mit den Menschen zu bewähren. »Ach«, sagte sie daher bei der nächsten Audienz zu der Königin, »könnten Majestät mir nicht sagen, wann die Reihe auch an mich kommen wird, nach unten zu den Menschen zu gehen und mich im Verkehr mit ihnen zu bewähren, so wie meine älteren und erfahreneren Kolleginnen es bereits taten?«

Die Feenkönigin, die es nicht liebte, sich vor allem Volk zu schwierigen Fragen zu äußern, runzelte die Stirn und sagte: »Melde dich nach der Audienz bei mir; wir werden die Sache bereden.«

Nach der Audienz aber, als die junge Fee vor ihre Königin hintrat, sich tief verneigte und in aller geziemenden Bescheidenheit wissen wollte, wie sich ihre nähere Zukunft denn gestalten sollte, erwiderte die Königin: »Ich will ganz offen mit dir reden, Waltraut, mein liebes Kind. Die Welt da unten ist auf solche wie dich nicht eingerichtet. Auf gewöhnliche Feen mit ihrem Angebot von gewöhnlichen drei Wünschen, ja: der erste Wunsch dies, der zweite Wunsch das, lauter Torheiten, und dann sind die Leute froh, wenn sie sich aus der Bredouille, in die sie sich hineingewünscht haben, beim dritten Mal wieder herauswünschen können. Aber bei dir, fürchte ich, würde die Sache nicht so einfach laufen, und daher ist es besser, wenn ich dich gar nicht erst auf die Menschheit loslasse.«

Da weinte die junge Fee bitterlich, und während ihr die Tränen nur so aus den Augen perlten, fragte sie schluchzend, ob nicht auch sie ein Recht darauf hätte, einem hübschen jungen Mann drei Wünsche zu offerieren und zu erfahren, wie es sich mit dem Glück in der Liebe verhalte; die Königin aber antwortete, das mit dem Glück in der Liebe sei sowieso alles Firlefanz und von den älteren Feen erfunden, um den jüngeren den Mund wäßrig zu machen, doch wenn sie, Waltraut, so durchaus begierig sei, sich weiterzubilden, wolle sie als ihre Königin ihr nicht im Wege stehen, bittesehr; allerdings wolle sie auch nicht zu viel in ein solch windiges Unternehmen investieren, und die junge Fee würde dort unten also nicht über ein eigenes Schlößchen verfügen können oder auch nur eine großbürgerliche

Villa, sondern ihr würde eine bescheidene Datsche genügen müssen, wenn auch in guter Umgebung.

Da war die junge Fee auf einmal wieder ganz glücklich und versicherte ihrer Königin, sie sei von Natur aus anspruchslos, und eine hübsche kleine Datsche in guter Umgebung genüge ihr vollständig, und sie werde sich des Vertrauens, welches Majestät in sie setzte, in jedem Falle würdig erweisen; die Königin aber sagte, da die junge Fee gar so leicht und luftig sei und naiv dazu, werde sie ihr zu ihrem Schutz ein Alräunchen mitgeben, das möge sie, wenn sie in gar zu große Schwierigkeiten geriete, dreimal mit dem Daumen an einer bestimmten Stelle reiben, und dann würde sie schon sehen, was geschähe.

Mit diesen Woten entnahm die Königin der Schatulle neben ihrem Thronsessel ein Wurzelmännlein, das auch alsbald gehörig zu zappeln begann, und sagte zu der jungen Fee: »Steck's dir in den Busen, Waltraut, mein Kind, und nun ab mit dir.«

Bald darauf erhob sich ein Sausen und Brausen, und die junge Fee fühlte, wie sie ergriffen und herumgewirbelt wurde und in die Tiefe stürzte und immer tiefer, bis sie die Besinnung verlor und gar nicht mehr wußte, wie ihr geschah. Als sie dann jedoch aufwachte und sich umblickte, erkannte sie, daß sie in einem komfortablen Bettchen lag, das auf die lustigste Weise mit rotkariertem Kattun bezogen war und in einem Zimmerchen stand, durch dessen Fenster man die schönste Aussicht auf ein Wäldchen hatte und zwischen den Stämmen der Bäume hindurch auf einen blauen See, und auf dem Tisch stand ein Frühstück mit dampfendem Kaffee und goldgelbem Honig und frischgebackenen Brötchen, so daß die junge Fee, als sie flink ihre Beine aus dem Bett herausstreckte und ihre eleganten Füßchen auf das geflochtene Stroh eines vietnamesischen Bettvorlegers setzte, zu sich selber sagte: »Getrost, Waltraut, das fängt ja gar nicht so übel an«, und das Alräunchen, das an einem Halskettchen befestigt war und ihr am Busen lag, begann auch gleich gehörig zu zappeln und meinte gleichfalls, jawohl, so übel finge es ja nun wirklich nicht an. Und als nach dem Frühstück die Frau Brösewitz aus dem Dorf vorbeischaute, die während der Woche ein Auge auf die Datsche hatte und am Wochenende dafür sorgte, daß die Gäste dort auch ordentlich alles hätten, was der Mensch so am Wochenende braucht, lächelte die junge Fee fröhlich, und als Frau Brösewitz sich erkundigte, ob das Fräulein auch mit allem zufrieden sei, sagte sie, jawohl, es sei alles zum Besten, und sie werde nicht versäumen, der Feenkönigin von der guten Frau Brösewitz zu berichten, und Frau Brösewitz antwortete, das würde sie sehr freuen, sie hätte zwar noch nie mit solch hochgestellten Persönlichkeiten zu tun gehabt, aber eine Empfehlung an eine Feenkönigin könne ja nie schaden.

Und dann trat die junge Fee aus ihrer Datsche heraus in den Garten, und da war das schönste Obst zu sehen, schwarze Kirschen an den Bäumen und bunte Beeren aller Art an den Sträuchern und Blumen in allen erdenklichen Farben, und auf der anderen Seite des Zauns stand der Genosse Buntzelmann und starrte auf die junge Fee, so daß nicht viel daran fehlte, daß ihm die Augen aus dem Gesicht gefallen wären. »Entschuldigen Sie, Genossin«, sagte er, nachdem er seine Stimme wiedergefunden hatte, »aber wenn ich nicht irre, sind Sie neu hier in der Datschensiedlung des Ministeriums für Staats- und andere wichtige Angelegenheiten und werden vielleicht männlicher Hilfe bedürfen.« Damit stützte er sich auf den Zaunpfosten zu seiner Rechten und war mit einem Satz über den Zaun und im Garten der jungen Fee, so daß man hätte glauben können, er sei wirklich beflügelt, und die junge Fee erschrak richtig. Als er sich jedoch höflich vorgestellt und auch gefragt hatte, wie seine neue Nachbarin denn heiße, wich der Schreck von ihr, und sie sagte, sie heiße Waltraut und sei eine junge Fee und zum ersten Mal hier unten auf Erden und außerordentlich interessiert an der Frage, was denn das Glück in der Liebe sei, und sie fügte hinzu, daß der Genosse Buntzelmann, da er der erste sei, der ihr heut morgen begegnete, drei Wünsche aussprechen könne, die sie ihm erfüllen müsse.

Was die Frage nach dem Glück in der Liebe beträfe, erwiderte der Genosse Buntzelmann, da könne er ihr leicht aushelfen, denn diese ganze Problematik falle in sein dienstliches Gebiet, und folglich sei er da sozusagen ein Fachmann. Mit den drei Wünschen jedoch sei es schon schwieriger, denn er hätte eigentlich nur einen.

»Ja?« sagte die junge Fee. »Nur einen? Was möchten Sie denn haben?«

»Sie, werte Genossin«, sagte der Genosse Buntzelmann, »denn Sie haben eine so vollkommene Gestalt, daß kein Maler ein Bildnis malen könnte, das Ihnen wirklich gliche, und Ihr Gesicht ist so zart und wohlgeformt und zugleich so anziehend und voller Leben, daß sich leicht voraussagen läßt, Sie werden noch viel Unheil damit anrichten, und außerdem haben Sie lockiges Haar, das aussieht wie gesponnenes Gold, und schmale Hände mit langen, aufregenden Fingern und die elegantesten Füßchen; ich aber bin Unterabteilungsleiter im Ministerium für Staats- und andere wichtige Angelegenheiten, und ich besitze eine große amtliche Macht, weshalb es sicher besser für Ihre künftige Laufbahn wäre, wenn Sie gar nicht erst große Sperenzchen machten.«

Damit schlang er seine Arme um sie und suchte sie zu küssen, und obwohl die junge Fee sich nach Kräften sträubte – denn dieser Fall war ihr beim Unterricht in dem großen Feenschloß hoch über den Wolken nie vorgekommen –, schob er sie in Richtung ihrer hübschen kleinen Datsche und hinein durch die Tür, und als sie ihn fragte, ob das wohl das Glück in der Liebe wäre, lachte er und sagte, jawohl, so finge es immer an, und er werde es ihr schon zeigen; und schon wollte er sich ihr auch auf andere Weise nähern, aber da begann das Alräunchen an ihrem Busen gehörig zu zappeln, und die junge Fee erinnerte sich, was die Feenkönigin ihr empfohlen hatte zu tun, wenn sie in gar zu große Schwierigkeiten geriete, und sie rieb das Wurzelmännlein mit dem Daumen dreimal an der bestimmten Stelle, und auf einmal stand der Genosse Buntzelmann stocksteif und still und rührte sich nicht mehr, und als die junge Fee ihn mit der Fingerspitze anstieß, merkte sie, daß er ganz und gar aus Stein war, und sie schrie laut auf.

Da kam die Frau Brösewitz und sah das Unheil, und der Nachbar zur anderen Seite, der Genosse Oberabteilungsleiter Prutz, kam gleichfalls angelaufen, noch im Pyjama, denn er hatte bis jetzt geschlafen, und die anderen Wochenenddatschenbewohner kamen auch noch angerannt, und es herrschte eine unbeschreibliche Aufregung, und der Verlust für den Staat, der sich durch die plötzliche Versteinerung des Genossen Buntzelmann ergab, wurde allgemein bejammert. Aber alles Geschrei half nichts, der Genosse Buntzelmann rückte und rührte sich nicht, und selbst der Professor Unwucht von der medizinischen Fakultät der Universität, den man hinzuzog, konnte nichts tun, als dem Genossen Buntzelmann eine Gesteinsprobe zu entnehmen und festzustellen, daß er aus bestem Schamott bestand; und da er nun schon einmal aus Stein war, wurde beschlossen, ihn auf dem Ehrenfriedhof als sein eigenes Denkmal aufzustellen, und auf den Sockel kamen die Worte: »Zu Stein geworden in Erfüllung seiner Pflicht.«

Nun hätte man vielleicht erwarten können, daß die Mitarbeiter des Ministeriums für Staats- und andere wichtige Angelegenheiten in ihrem weiteren Umgang mit der jungen Fee etwas mehr Vorsicht walten lassen würden; aber Liebreiz geht bekanntlich vor Zurückhaltung, und am nächsten Wochenende, als das Wetter wieder so schön sommerlich war und alle Welt hinaus auf die Datschen geströmt war, hielt es den Genossen Oberabteilungsleiter Prutz nicht mehr, wie sonst immer, in seinem Bett; vielmehr war er in aller Herrgottsfrühe schon auf und frischgescheitelt und rasiert und stand in seinen besten weißen Sommerhosen und seinem besten weißen Sommerhemd am Zaun auf der anderen Seite der Datsche der jungen Fee und wartete darauf, daß diese sich endlich zeige, und kaum hatte sie ihren Garten betreten, war er trotz seiner Jahre und seiner Beleibtheit, hast du nicht gesehen, über den Zaun und stand vor ihr.

»Ach«, sagte er, »durch die ganze Aufregung wegen der unzeitigen Versteinerung des Genossen Buntzelmann am vergangenen Wochenende sind wir beide ja gar nicht dazugekommen, so richtig Bekanntschaft zu schließen.« Darauf stellte er sich der jungen Fee in aller Form vor, und auch sie wiederholte, was sie bereits dem Genossen Buntzelmann gesagt hatte, nämlich daß sie Waltraut heiße und eine junge Fee sei und zum ersten Mal unten auf Erden und außerordentlich interessiert an der Frage, was denn das Glück in der Liebe wäre, und auch das mit den drei Wünschen, die sie ihm nun erfüllen müsse, fügte sie wieder hinzu.

Wer etwas von Männern versteht, weiß, welche Antworten der Genosse Prutz ihr da gab. Er erklärte sich zum Fachmann, was die Frage nach dem Glück in der Liebe beträfe, und teilte auch sofort mit, daß er natürlich nicht drei Wünsche, sondern nur einen einzigen habe, und genau was dieser Wunsch sei, und ging dann, um seinen Wunsch zu begründen, auf die verschiedenen Vorzüge der jungen Fee ein, wobei seine Ausführungen zwar nicht wörtlich dieselben waren wie die des Genossen Buntzelmann, ihr Inhalt aber im wesentlichen der gleiche; und sogar der Hinweis auf seine gehobene dienstliche Stellung, die noch mehr Macht und Einfluß verhieß als die des bedauerlicherweise Versteinerten, fehlte nicht, wie auch die dringliche Warnung, keine Sperenzchen zu machen.

Danach schlang auch der Genosse Prutz seine Arme um die junge Fee und suchte sie zu küssen und sich ihr auch auf andere Weise zu nähern; sie aber war nach all den vorausgegangenen Beteuerungen schon auf seine Versuche gefaßt, und das Alräunchen an ihrem Busen brauchte nicht lange zu zappeln, bis sie es mit ihrem Daumen dreimal an der bestimmten Stelle rieb. Kurz, alles verlief nach bekanntem Muster, mit einem Unterschied nur: Wie die Analyse des Professors Unwucht ergab, bestand der Genosse Prutz nach seiner Versteinerung nämlich nicht wie sein ehemaliger Unterabteilungsleiter aus Schamott, sondern aus feinstem schwarzen Schiefer.

So standen denn die beiden steinernen Denkmäler nebeneinander auf dem Ehrenfriedhof, und vielerlei Gerüchte begannen sich um sie zu ranken: Ein Mitarbeiter des Ministeriums für Staats- und andere wichtige Angelegenheiten sagte voraus, aller guten Dinge wären drei, ein anderer munkelte, möglicherweise sei doch etwas nicht ganz in Ordnung mit unserer Genossin Waltraut, während ein dritter sich über das liederliche Privatleben gewisser Persönlichkeiten ausließ, sofort aber hinzufügte, über die geschätzten Versteinerten sei allerdings nichts Nachteiliges bekannt. Der für Versteinerungen zuständige stellvertretende Minister aber beschloß, der Sache auf den Grund zu gehen, des Risikos wegen jedoch nicht in eigener Person, ebenso wenig wie in Person anderer wertvoller Mitarbeiter, sondern durch einen aus dem Volke, einen Hüpfebein und Springinsfeld, der sowieso nur krause Gedanken im Kopf hatte und dessen Versteinerung keinen großen Verlust für den Staat bedeuten würde: einen mit Rufnamen Florizel; der Nachname tut nichts zur Sache.

Gesagt, getan. Am nächsten Wochenende – das Wetter hielt wirklich ganz vorbildlich an – machte sich dieser Florizel, in ausgefransten Jeans und die Hemdschwänze verknotet über seinem Bauch, so lange am Gartentor der Datsche der jungen Fee zu schaffen, bis diese ihn bemerkte und fragte, wer er denn sei und was er wolle. »Ach«, sagte er darauf, »ich heiße Florizel, und mein Nachname tut nichts zur Sache, und eigentlich hatte ich den Auftrag, mich auch versteinern zu lassen, aber wenn ich dich so ansehe, holde Fee, bleibe ich doch lieber im Fleische.«

Die junge Fee wartete, ob das Alräunchen wohl anfangen würde zu zappeln; als aber nichts dergleichen geschah, sagte sie: »Mit dem Versteinern hat's wohl seine Weile; komm erst mal herein und sag mir deine drei Wünsche, denn du bist der erste, den ich heut morgen sehe, und ich muß sie dir erfüllen.«

Und wie er sie so anblickte, war auch dem armen Florizel zumute, als ob er nur einen einzigen Wunsch hätte, aber da er im Auftrag des stellvertretenden Ministers tätig war und außerdem, wie wir alle, noch einen ganzen Katalog von Wünschen, großen, mittleren und kleinen, im Sinne hatte, trat er ein in den Garten und setzte sich zu der Genossin Waltraut aufs Bänkchen und sagte: »Drei Wünsche? Wirklich, nur drei?«

»Jawohl«, sagte die junge Fee, »und überleg dir, was du dir wünschst, damit du nicht mit dem dritten Wunsch dich aus der Bredouille herauswünschen mußt, in die du dich mit den ersten beiden hineingewünscht hast.«

»Ach«, sagte da Florizel, »das Leben hier ist so prosaisch, und jeden Tag steht dasselbe in der Zeitung; ich wünschte, ich wäre ein Dichter und könnte ein Gedicht auf dich machen, holde Fee.«

»In Ordnung«, sagte die junge Fee, »nichts leichter als das.«

Da wurde dem Florizel auf einmal ganz anders im Herzen, es war da wie ein Gewirr und Geflatter und Gehusch, und dann reimte sich alles, was er dachte, hinten und vorn, und es wimmelte in seinem Kopf von Jamben und Trochäen, und er konnte nicht anders, er sprach in Versen, die alle von der jungen Fee handelten und vom Glück in der Liebe, und als er endlich fertig war mit seinem Gedicht, küßte sie ihn auf die Stirn und sagte: »Und was wäre der zweite Wunsch?«

»Ach«, sagte da Florizel, »das Leben hier ist so taub, und jeden Tag kriegen wir dieselben Reden zu hören; ich wünschte, ich wäre voller Melodien und könnte ein Lied für dich singen, holde Fee.«

»In Ordnung«, sagte die junge Fee wieder, »nichts leichter als das.«

Da wurde dem Florizel zum zweiten Mal ganz anders im Herzen, es war da wie ein Getön und Gezwitscher und Gesumm, und dann erklang alles, was er fühlte, in den schönsten Melodien, harmonisch noch dazu, und es wimmelte in seinem Kopf von Crescendos und Diminuendos, und er konnte nicht anders, er mußte ein Lied singen, das wieder ganz und gar von der jungen Fee handelte und vom Glück in der Liebe, und als er endlich fertig war mit dem Lied, küßte sie ihn auf die Lippen und sagte: »Und Wunsch Nummer drei?«

»Ach«, sagte da Florizel, »wo ich nun dichten kann und so schöne Lieder singen, möchte ich jetzt fort mit dir, holde Fee, irgendwohin, wo ein Hüpfebein und Springinsfeld, wie ich einer bin, hüpfen und springen kann und wo das Glück in der Liebe zu finden wäre, ohne daß einem das Herz dabei zerbirst.«

Einen Moment lang war der jungen Fee, als ob das Alräunchen an ihrem Busen sich rühren wollte, aber es seufzte nur und lag wieder still. »Ach«, sagte die junge Fee, »da weiß ich nicht, ob ich dir helfen kann, Florizel. Aber wie wär's mit einem Feenschloß hoch über den Wolken, wo alles aus Gold und Silber ist und aus Kristallen und anderen Edelsteinen?«

»Und würdest du auch dort sein?« wollte Florizel wissen.

»Ich glaub schon«, sagte die junge Fee.

»Dann zum Teufel mit dem Genossen stellvertretenden Minister«, sagte Florizel. »Und nichts wie los!«

Bald darauf erhob sich ein Sausen und Brausen, und sie fühlten, wie sie ergriffen und herumgewirbelt wurden und steil nach oben segelten, immer höher und höher, bis sie die Besinnung verloren und gar nicht mehr wußten, wie ihnen geschah. Als sie jedoch aufwachten, erkannte die junge Fee, daß sie zu zweit mit Florizel auf dem Bett in ihrem Appartement in dem Feenschloß lag, und sie war froh, daß wenigstens sie am Ort Bescheid wußte, denn nun konnte sie dem Florizel doch zeigen, wo der Kleiderschrank war und alles andere.

Die Feenkönigin aber, die schon immer eine Schwäche gehabt hatte für die junge Fee, nahm Florizel huldreich auf in ihr Reich, und er wurde zur einzigen männlichen Fee unter vierhundertundvierundvierzig weiblichen; und wenn das nicht das Glück in der Liebe ist, dann weiß ich nicht, was sonst.